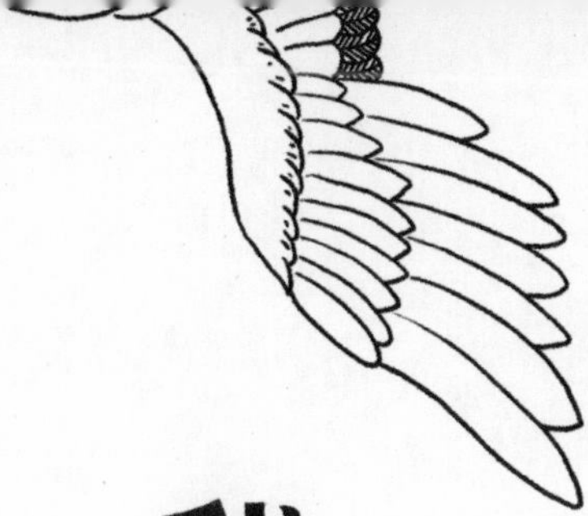

我所去過最遠的地方

陳宗暉　著

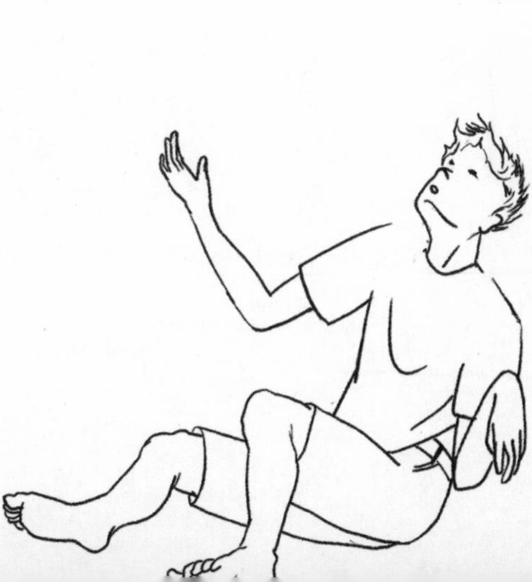

目次

輯一：共病生活

輯二：帶病旅行

輯三：後病時光

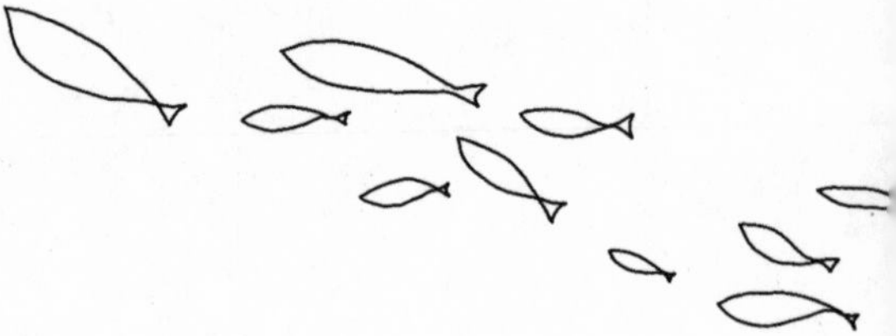

推薦文

流轉孤島病中書

吳明益
國立東華大學華文系教授

將近十八年前，我從西部的中壢前往花蓮面試，面試結束的那天我刻意選擇了當時還在運行的客運，花了將近八小時從海岸慢慢晃行回台北。隔年我進入東華大學任職，巴士停駛了，那種慢悠悠的節奏從此消失在我的生活裡。不久我在研究所的課程裡遇上了幾位有研究潛質，卻各自面對著自己生命難題的研究生，其中之一就是宗暉。

因著自己性格的關係，當年我跟研究生的相處有些不順利，不過宗暉是沉靜而內斂的人，我們儘量不互相妨礙。他以慢悠悠的節奏找尋自己的「命題」，最後相中蘭嶼（不曉得跟有一次我帶著學生去蘭嶼旅行的緣故是否有關）。我印象中他提到，想把蘭嶼書寫從夏曼．藍波安一人籠罩的形象裡解放出來（畢竟蘭嶼書寫還有郭健平、關曉榮、胡台麗、拓拔斯．塔瑪匹瑪……），也想探討長時間下來，不同時代、不同領域的書寫者對蘭嶼的觀察和看法。

去年我寫了一篇關於柯裕棻散文的文章，裡頭大約把我對「散文」的看法簡單梳理。西方使用的 essay 或 prose，前者強調非虛構與論述，後者則是說明了形式是「非韻文」。

當然，在台灣我們提到的「散文」偶爾也會押韻（或用大量詩化語言），也會虛構（虛構的定義很是複雜，包括寫作者自己的有意識或無意識），加上獨特的抒情傳統，因此不純粹是這兩個英文詞義的直譯。不過，關於散文的定義，我想對一般讀者來說意義不大。畢竟，讀者閱讀是為了自己，而不是為了什麼文學論述對吧？

那讀者為什麼讀散文呢？以作者的身分來推斷，我認為在臺灣的讀者閱讀散文大約有幾種期待：首先，聆聽他人的生命經驗，並由此獲得共感；其次，接觸資訊或知識；最後，透過文章的思路理念，以自我意識與之對話。當然，這些「期待」對很多讀者來說是模糊而不可切割的，重點是：「我被那些文章吸引了」。

它既可能是日常生活的風雅隨談，也可能是作者的思維與心靈展現，又或是辯論批判。這種第一人稱的文體是一種如此映現心靈的寫作，也因此，我比較鍾情於以英文「non-fiction」來稱呼這樣的寫作，直譯當然是「非虛構」，但這並非是說虛構的成分在其中絕不存在（因為人類心靈有很大一部分便是謊言、誤讀、誤解與虛構）。而是強調這是一種以「真」為核心的寫作，「不真」甚至會極大程度地影響它的美學判準。

宗暉畢業之後，我們通信的頻繁程度，大概是三年一次吧？每回來信，他會告訴我一些生活上的改變，但從未寄任何作品給我。我也都是透過他得獎的消息與閱讀他的作品，多少沒跟他的心靈離得太遠。有時我們會感覺，人的文字會比人的本身更透明，大概就是這個緣故吧。

在多年前一封給我的信裡提到，他總和我處在一種**似遠似近**的關係裡。當宗暉決定論文談蘭嶼書寫時，我坦誠告訴他，他的研究精神與文字能力都很出色，但如果要比其他只讀文獻的研究生寫出更深刻一些的論文，可能唯一的辦法就是「常去蘭嶼」。許多討論蘭嶼的論文有的一個核心問題就是：對蘭嶼幾乎都只有觀光客的體驗（甚至沒有），重點都擺在文獻解讀。可文學研究不就是文獻解讀嗎？這話似是實非。文字閱讀一個「地方」會和實際感受相差有多大？或許所有讀過波特萊爾詩句和去長住過巴黎的人會心有戚戚，文字只能片斷地描述一個世界（當然，人的體驗也是），而且活在文字裡的「地方」，往往是多個時間作品揉合下的結果，那是一種「超時空」的匯集。相對之下，人的體驗只存在於一時一地，有些是文字難以言喻的。當體驗與文字閱讀兩個軸線交錯在一起的時候，會有光照亮（**lighten**），而出現讓你的文字與眾不同的啟發（**enlightening**）。

宗暉自己再去了蘭嶼，而且不只一次，有時甚至長住了下來。他到咖希部灣（Kasiboan）加入了「野銀阿文」的團隊。阿文是個傳奇人物，他原本在臺灣當印刷工人，回到蘭嶼後做過不少工作，最後成為雜貨店老闆和咖希部灣（達悟語堆垃圾的地方）的負責人。他想藉由將遊客留下的寶特瓶垃圾做成一個景點，從而喚起遊客的「垃圾責任」。

宗暉協助阿文蓋「寶特瓶屋」，住在阿文的義工小屋裡，他參與成立了「說蘭嶼環境教育協會」，概念源自於蘭嶼的涼台，就是一個「說故事的場域」。宗暉的論文寫了一個很動人的「研究動機」，這和他的論文部分內容演化成協會的宗旨與任務，阿文家門口的涼台，就是他們的辦公室，而沒有志工合宿的時間，宗暉則自在地坐在涼台看他的海，寫他的筆記。一回他在給我的信裡寫道：「總覺得，在蘭嶼的行動，就是碩論的延伸。」

看到這句話時我想，宗暉的碩論和他的寫作，至少在這個階段都「真」了。

後來，我又輾轉從宗暉的文章和信裡知道，長年以來，他深受各種疾病的困擾，比方說不明原因的低血色素貧血。在出版社寄來的書稿裡，他的自序把自己名字中象徵光線的暉，換了位置成為「暈」。這也讓我想起他在信裡提到的，我們兩人的共同記憶。他提到大四那年我開設的「原住民文學」帶他們到蘭嶼，我和他站在海岬邊時，問他說：「你不覺得站在這裡就會很想跳下去嗎？」後來他才知道，那裡是夏曼．藍波安下海的必經路徑。那條路徑後來也成為他的論文，他的寫作的重要隱喻。因為看著世界時的暈眩感，於是有了一躍而下的欲望與勇氣。

宗暉的散文在他的同學，也是詩人的廖宏霖編輯下組成「共病生活」、「帶病旅行」、「後病時光」三輯，看起來以他和疾病的共處做為連繫的繩索。我想，如果連接上宗暉的家庭生活、求學時光，以及真正投入那個在外人看起來「沒什麼用」的碩論時光，或許再加上他的敏感心思，他的碩論標題用來形容這批作品也很貼切。這部散文，就是他的「流轉孤島病中書」，是第一本，也會是他以這題材寫作的唯一一本吧。

宗暉的文字天賦不需我來肯定，雖然因病之故寫寫停停，但已獨力取得了自己的聲嗓，獲得不同文類的獎項。特別是他平靜、靜水慢流式的敘事和文字美學，很得我的脾胃。讀宗暉的文字，借用他論文裡的一段話，就像達悟語裡十餘種形容「海」的語彙中，「wawa」意謂著有生命、有情緒的海。海的情緒有時影響了人的情緒，而人的情緒也反饋回海的情緒，我相信讀者在沉浸入他的文字時會感到這一點，從而和我一樣「被這些文章吸引了」。

宗暉原本是我認為，我的學生裡可能很快被注意到的年輕寫作者，卻一晃十幾年，才慢慢悠悠地出版了這樣的「第一本書」。就像當年還沒有蘇花改時的慢程巴士，就像漂浪海上的拼板舟，亦疾亦徐地完成了這部作品。

據說宗暉有段時間每回從蘭嶼回台灣，就得去醫院輸血，輸血與書寫，竟意外地成為他活下來的支持。我珍惜這本書裡做為散文本質的真，既像海洋又像那些被棄於海岸的垃圾，那般之真。

推薦文

孤獨的長跑者

郝譽翔

國立臺北教育大學語文與創作學系與臺灣文化研究所教授

宗暉是安靜的。始終都是。

他在東華大學讀書，一直到碩士畢業，曾經修過我幾門課，照理來說，我應當是和宗暉非常熟悉的了，但又似乎不是。因為我總是記得他沉默如蚌，不輕易洩漏內心的情緒，像是個頑強的孩子似的，極力抵抗外界的一切紛擾。如今回想起他，跳入我腦海的第一個畫面竟是某個下午，他站在教室外的走廊上，而我急忙走上前去和他說話。但到底說了些什麼呢？實在也記不清了，大抵是關於他碩士論文的主題吧，但不管我說話的語氣是如何的急迫，宗暉仍然大多沉默著，眼神低垂落向我的斜後方，彷彿是一尊小而堅硬的石像。

我因此記憶更清晰的，卻是宗暉身後那比他更為沉靜無言的，花東縱谷連綿不斷的山脈，以及若非定睛細瞧，就根本無法察覺它正在移動之中的，潔白的雲朵。

唯有創作，是宗暉真正肯敞開心房的時刻，這也使得他的散文風格如此獨特，精緻簡練，彷彿白紙上的每一個黑字，都是這只緊閉的蚌殼在長期忍受砂礫琢磨的苦楚後，耗盡了生命元氣，才好不容易淬練出來的珍珠，晶瑩，透亮，閃著微微如淚的光。

也因此在這本散文集中，宗暉觸及了幾個不管是在他個人生命中，或是現代散文史上皆是相當重要的主題：母親、父親、疾病、軍營、海洋、花束以及蘭嶼，把這幾大主題分開來論之，每一個都值得大書特書，足以寫成好幾本書。然而宗暉卻不如此，他把這幾條主旋律交叉編織成了交響樂曲，而每一條旋律忽現，卻又忽隱，幾度要說出口的話語，卻又被硬生生地吞了回去，旋即再度沉落入了那片廣袤無垠的海洋裡，就像是宗暉曾經觀察研究的鯨豚一般，來時無影，去時無蹤，是雷電突然從黑暗中躍出，劈開一閃，卻又飄忽而逝。

但這不就是人生的真相嗎？不管是痛苦，或是歡樂，甚至是最最摯愛的親人，乃至摧毀我們身心的疾病，不也都是如此？乍生乍滅，如霧亦如電，又如夢幻泡影。

母親的缺席，應當是這本散文集中眾多旋律音符之中，不斷反覆出現的頑固低音。但是宗暉卻始終不點破，究竟在這段過程之中發生了什麼？他只簡短通過《小鹿斑比》中斑比目擊媽媽被獵殺的故事，把它化為一句警語：「十年怕草繩」。但其實不只母親，還有父親、童年、疾病乃至擔任賞鯨的解說志工，這些經驗來到了宗暉筆下，全都化成了生命終極的隱喻，是跳躍不穩的黑白畫面，外太空傳來的訊號若隱若現，神祕之光乍現。

唯一不同的，就是當宗暉抵達蘭嶼之後，這些隱喻或訊息才轉為清晰。〈說垃圾話的朋友〉一篇寫蘭嶼人阿文，他邀請宗暉加入團隊，一起做回收寶特瓶的工作，而宗暉也終於拆除了內心的圍籬，釋放出源源不絕的熱情和使命。對於宗暉而言，蘭嶼不只是一座地理上位在台灣島之外的小小島嶼，同時也是重生的起點，在心靈極遠極遠的邊陲地帶，垃圾被回收成為沃土，驅逐惡靈。

也因此整本散文集從「輯一：共病時光」、「輯二：帶病旅行」到「輯三：後病時光」，宗暉可以說是經歷了新生的洗禮和蛻變，而以「後病時光」的長散文〈只是看起來是一個人〉，作為整本書的壓軸之作。宗暉在文中寫道：「生來，死去；都是說是一個人來，一個人去，忽然看到人生走馬燈的時候，看到的都不是自己，而是一生流轉相遇的每一個你。」讀到此，我的腦海中也不禁浮現了「無常」二字。其實宗暉相當年輕，還沒有到孔子所說的「不惑之年」，然而他卻早已經比其他的同輩之人，更早經歷了至親的死別，以及大病一場的身心折磨，但這些不幸或「病」，卻成為一個創作者誕生與成長的契機。

於是在經歷了這一條迂迴又辛苦的人生之路後，宗暉寫道：「傷害日以繼夜成為鍛鍊與適應。哪裡都可以是跑道，穿太空衣走山徑也是跑。長距離跑者在莽原追逐，貧血荒川，冷靜專注。」我相信這是他此刻最真誠的告白，孤獨的長跑，冷靜而專注，因此他始終如此，從來如此，安靜就像是一尊小而堅硬的石像，只是如今更灌滿了力量，一如花東縱谷山脈拔地而起；而我也相信他內心所蘊藏的豐沛與豐饒，那欲言又止之處，更像是大海深沉無可丈量。

推薦文

飛行器的執行週期

言叔夏
東海大學中文系助理教授

有段時間一直沒有CP的消息。後來不知是誰輾轉說的，說他病了。可是，他在哪裡呢？在還沒有高鐵的時代，每次南下的國光客運，台北到高雄，中繼站整點是西螺，半點是朝馬。我總是選擇整點的班次。常常，在那些南下的長途旅程裡，終於接近西螺的時候，身體會從靠窗的睡夢裡昏沉醒了過來。感覺車廂微微的傾斜。啊。西螺到了。巴士會從交流道的斜坡緩緩溜下來，耳渦那樣地，駛進一顆螺裡。螺裡的省道兩旁，退得好遠好遠的幾間房子，孤獨地在田野裡佇立著。我總是忍不住瞇起眼睛，仰望那些屋角因日光折射而破碎得什麼也看不見的平房。因為CP曾經告訴過我，在他母親過世之後，他在西螺的外婆，為了害怕他不再回到這裡，於是在頂樓（那是中南部的那種透天厝）用紅磚與泥作，砌了一個小小的游泳池。

我從沒真的在那個螺狀的小鎮上，找到過那座懸吊在空中的游泳池。但每次途經西螺的時候，總會在高速公路的車窗外，錯覺有那樣一泓發光的池水，瓢一樣地漂浮在遠處的城鎮上。那很像一種天線或者飛行器之類的東西；繕打密碼，發出訊號，一次次地，告訴自己：我又擦身經過這裡了。也許我想找到的從不是一座游泳池，而是一個朋友在年少時，為此刻的我沿途所灑下的麵包屑。就像二十歲時文學院角落裡的六十六號寄物櫃。「我把最重要的東西都放在這裡了。」十數年來，無論我搬到了哪裡，總有一張明信片會被投遞到一個信箱來。從天祥，從咖希部灣，從星期六猴子去的斗六，輾轉來到這個箱裡。薛丁格貓的箱中下水道。它總是能夠抵達。總是能夠。彷彿打開箱子的時候，它就已經躺在那裡，一隻好整以暇的飛碟。

回想起來，那是一個什麼樣的開始呢？十數年前，我們初初抵達那個東部縱谷裡的大學時，校園裡有一半仍是漆黑的。沒有路燈的一條路在夜裡穿行過蘆葦。它要通往更黑更暗的什麼地方去？網際網路的白堊紀裡，我們總在晚間的電算中心關門前（啊那是一個多麼復古的存在在一個所有電腦螢幕都還弓著貓背的年代——），隔著屏幕將背包裡的海，都倒進小城的站台。一切畢竟都太黑太黑了。黑得一條路上的所有石子，都是指向彼此的暗示。

離開那座小城。某個時代終要結束，某些鐘面剛要成為新的操場。友誼是，時間終止以後才能談論的事物。我們談論，像一段時期的終止只為了等待這個談論；如同我們投遞，必須是時間延長以後才能抵達的投遞。於是我們從那之後的長跑各自開始了。攜帶自己的計步器。而所謂的時間首先是，差異與重複。如同德希達一生反覆談論的、彷佛自我指涉般的差異與重複：每個「同一事件」作為事件自己本身，都早已鑲嵌進了它的第二次——是事件裡「第二次」的差異，重複地追認了那作為原初的「第一次」。以哀悼之姿，「第二次」補足了「第一次」意義的缺口；並繼之以自身作為新的時間起點，重新懸置、延宕了事件的終點（把它「置入括弧」），以等待第三次、第四次的重來／降臨；而再沒有什麼會比一個承繼自母親的遺傳疾病，更能自證這道關於差異與重複的辯證了。年少時我們談論起那些關於母親與父親們的事，像流浪表演團裡一個最沉默的手風琴手終年都攜帶著他斗大的琴盒。那時的我們簡直並不知道那些失去與哭泣是什麼樣的意思；而多年以後在這本書裡，母親的病反向結繩一樣地成為了一個原初的標記，「我把最重要的東西都放在這裡了。」撤下麵包屑：「你要記得折返回來取。」

德希達沒有告訴我們的是，如果事件的構成始終來自差異與重複，疾病如是，死亡如是，友誼甚或此生的各種遭遇（各種「事件」——），亦如是。那麼能將它從它本身所限定的詞彙意義裡救贖出來的，只有它自己——作為「第二次」的「它自己」；給它名字，為它垂降繩索，垂降繩索去一口井底給一個童年的自己，告訴他：一定會有人回來救你。在這部寫於病後的作品裡，作為「第二次」的病——三十歲的「我」罹患了母親死去的惡疾；彷彿替代般地，重新將「母親」灌入了「我」的病體；於是那些手術療程裡的輸血、開刀與復健（甚或撿骨）……，都是一場割肉還母的儀式。「我」既是「我」，也是作為「母親」的「我自己」；藉由長回自己的肉身，把空缺的母親的身體，重新生回來。而一旦「母親」能被「我」自己生回來，那麼失去的「我」自己，也能通過這「第二次」的母親，讓自己重新誕生。某種意義上，他是他自己換取的孩子。

死亡的善意。如果死亡可能有善意。死亡的善意藏匿在時間的岩縫裡。像走過的誰在這裡留下的標記。在我們年少時代的寫作時光開始以前，那個最初最初的問題：我為什麼要來到這個世界呢？也許為的，只是一次次地，繞經時間的剝落與暴力，重新抵達一個淒美地。淒美地是，二十歲的盛夏縱谷裡一叢一叢磊磊的結石，往東苑的小路逆時針方向就會遇到一座祕密的河堤；是木瓜山裡銅門墓園前的操場，踢足球的小孩們後來都去了哪裡了？古詩課來不及教會我們的事，翹課去的太魯閣就來告訴我們：溪流把山谷都切開（它已經在這裡蹲踞了億萬年了），於是那些山，就都在夜裡祕密地長大了起來；淒美地是，最後一次抵達牛山，海邊天亮回來的九號公路在後照鏡裡被拉得好長好長，我正要載你去趕赴一班最後的火車。沒有人知道的火車盡頭是過去還是未來，又或者它轟隆隆所要駛向的，是一處以光年計算的遠方——我們所去過最遠最遠的地方，是每一次的小型死亡帶我們重新抵達的地方。那麼即使那些年少時代的信與日記，早已隨著那座小城站台荒煙蔓草的傾圮，被吸納進那黑洞般的網路時間裡，自我分解如塵埃；但午夜的平快車駛過志學街，駛進黑得幾乎要目盲的北迴海時，總有那些一個又一個過不完的山洞把我們切成一節一節。火車的車窗唰唰掠過你二十歲的臉；那張臉，我幫你保管起來了，連同年輕時那些寫在黑色屏幕裡的字，一則指向未來的卦象：總有一天，總有一天，我要做一個永遠住在火車上的人……。那時的我們並不會知曉，所有感覺結構的宇宙，都是環狀的。如同這島上找不到終點與起點的鐵軌。只要火車繼續快飛，總有一天，它必會帶我們經過一處既叫做從前也叫做未來的站台，遇見某年夏天被遺留在這裡的自己的臉。一次次地。關於經過與抵達。差異與重複。親愛的CP。那就是我們飛行器的執行週期。

那就是我們飛行器的執行週期。

註：《飛行器的執行週期》為郭頂二〇一六年發行的概念專輯。〈淒美地〉是其中的一首作品。

推薦語

須文蔚
國立臺灣師範大學國文學系教授

縱使身體病痛，親人逝去，社會不義，勤於創作的宗暉一直以細膩的筆調側寫人生，在看似纖細與脆弱的文字世界裡，貌似文弱與安靜的他，努力引領讀者不斷向遠方探索，展現出他對海洋，部落與弱勢者真摯的關懷。於是這成為一本極具特色的散文集，生與死，青春與暈眩，怯懦與壯遊，不斷交錯對照出充滿張力與詩意的篇章，作者的微言大義需要深入文句背後，方能細細體會。

推薦語　孫梓評　作家、詩人

看似以「疾病書寫」為主題的此書，一如書名「我所去過最遠的地方」給出的暗示，這些攀附於時間軸與地表上的移動與勞動，彷彿真的有此有彼，有私處有邊界，有發生有結果——然而陳宗暉所進行的魔術是，既解散了文類，又重組了類型，而使近二十年被寫作者們熱愛的各種繁複主題和平共存，如同記憶的混聲合唱，卻能不顯蕪雜，教人讀之屏息，而後嘆息。我曾以為最好的寫作是使人讀了也想要寫；原來還有另一種可能，如此書，使視覺成為嗅覺，無法捕捉，只能甘願跟隨。

推薦語

黃信恩
醫師、作家

這本書讓我想到一個英文單字：idiopathic，中文是自發的、原因不明的。在醫學裡，好些疾病查不出原因，診斷上會出現這個字。idiopathic 像詩，是謎，是霧，是實驗，是人生。宗暉的文字充滿這種氣息。他筆下的肉身，是腰椎穿刺、自體免疫、暈、輸血；軌跡卻是花蓮外海、蘭嶼、梨山。「他們成群離開，留下我繼續人生。」病床上的他這麼寫著。孤單，但要繼續活著，在筆下遮聲好。他以海洋、部落、生態、慢跑，和疾病與性格磨合，低調裡有著繁花的精彩。

推薦語　金磊

生態攝影工作者

收到宗暉書寫成冊的消息，讓所有事都很悶的二〇二〇年夏季，多了件使人振奮的事情！隔了很長一段時間，再次閱讀宗暉的文字，依然洗鍊、細膩，且充滿了獨有的各式思緒，也才理解到宗暉這段時間歷與感受了什麼。縮時攝影般的文字喚起了宗暉與眾多夥伴一同串起的記憶，起初是邊面露微笑邊回溯當時的片段，但隨著漣漪愈來愈鮮明，整個人反而寧靜沉入了那年的湛藍海水之中，那個大家一起承接了的痛快曬傷夏天。不論我們是繼續航行在奇妙的航道上，還是已經用自己的眼睛找到了海豚，海上有你真好，也謝謝讓我見到了那個沒看過的夏天！

推薦語　阿文

蘭嶼阿文

回憶起阿暉這個人，我常常跟許多志工都滔滔不絕地講起來，我跟他都是從死神裡逃出來的人，又重新燃起新生命，從剛認識的他，帶著夢想為這座島做點什麼的感念，跟他一起生活、一起從早到晚做環保基地、一起發想，希望能改變些許，不讓環境繼續貧窮下去，從他身上我學習到如何盡到無怨付出，感謝他在我無助、徬徨時，及時出現在我眼前，應該是上帝的安排讓我們遇見對方，也讓我知道「珍惜」這兩個字的道理。蘭嶼是世界的縮影，垃圾無國界、做環保零極限，很高興遇到阿暉，才能在書裡遇到大家，我還是最關心阿暉的身體，我希望阿暉的家人能被主保佑、阿暉的身體能夠很健康，還有每年都回蘭嶼來看我。

自序 陳宗暈

陳宗暉

媽媽的名字裡有一個雲，
爸爸的名字裡有一個浪。
我把名字裡並肩的太陽頂在頭上，
就變成散步行軍接力賽的陳宗暈。

我不要麻醉，我不想暈倒，
血色素愈低愈渴望散步行軍接力跑。

小時候曾經被一本童話故事書嚇到。故事的內容大概是這樣：

沒有玩伴的裘弟和爸媽一起住在森林，常常自得其樂在河裡捉魚。有一天，家裡養的豬失蹤了，爸爸帶著裘弟到處搜尋，路上卻被毒蛇突襲、咬住手臂。急忙掙脫之後，爸爸便用獵槍將蛇擊斃。為求消解蛇毒，爸爸又將一頭母鹿射殺，當著幼鹿的面前，挖出鹿肝，敷在自己的傷口上。返家後的裘弟想念那頭落單的小鹿，於是外出尋找。找到小鹿後便把牠帶回家，取名斑比。斑比漸漸長大愈來愈頑皮，常常為了覓食而搗亂家屋，也踩壞了田間的作物。憤怒的爸爸一心只想把斑比殺掉。裘弟便把斑比藏進小屋，和斑比同寢共眠。直到有一天，裘弟醒來發現斑比不見了，原來牠已經被媽媽開槍殺死。「必須這樣做，我們才能活下去。」父母解釋。難以諒解的裘弟在掩埋斑比之後，划著獨木舟離家出走。離家不久，裘弟突然昏倒。醒來時，發現自己躺在一艘郵輪的床上。

故事未完。殺戮、復仇與無常環環相扣的彩色故事書，每本特價五十元。一九八五年的春天，被出版社改編過的《小鹿斑比》，沒有玩伴沒有媽媽的斑比。

小時候不懂自然無情萬物求生；母鹿的肝臟何以吸取毒液，裘弟的爸爸原本不該獲救。看著彩色插圖，那時只記得裘弟的爸爸射殺斑比的媽媽，斑比一臉茫然。裘弟的媽媽又射殺了斑比，斑比掙扎的表情重疊當年媽媽遇襲時的愁容。

小時候未曾預料有一天也會負氣划船離家出走，要暈不暈的，醒來發現自己躺在一艘什麼船的床上。醒來以後，遇見了誰，逆風之中說了什麼，摸黑交換了什麼。對於這樣一個畫面念念不忘：「幾天後，斑比對著飛奔回家的裘弟說聲再見也就消失在天空中了。」插圖裡的斑比躍進天空微笑回眸，泛著清淡的白色光芒；草地上的裘弟輕快地追逐著斑比。

溫暖的畫面，明明應該仰望祝福，卻是蒼白光暈的恐懼墜落。那時的心中只有鋼鐵槍炮的恫嚇，還沒有具體的病菌劫持，卻已經有了肝臟不能理解的傷，裡外增生。在反覆疑病之中慢慢適應、遞演，多年以後一個人在疫情威脅的影廳裡再看《在黑暗中漫舞》數位修復版也能平靜看完。

多年以後，《共病時代》揭示我，斑比目擊媽媽被獵殺，可能從此罹患「捕捉性肌病」（capture myopathy）。日夜擔心也遭殺害或活逮；十年怕草繩。

很久很久以前，我的媽媽失去心跳以後，父親的心跳放慢以求掩護，我的心跳加速快逃。

疾病的遺傳與轉譯。暈不暈船是出海後的自我應驗預言，貧血引發暈眩是共病生活裡的直覺偏誤。成群小鹿彈跳不休是為了勸退獵捕者；我遲發的奔跑是不是在跑給疾病追。我不是不能跑，我不是不健康。

長距離追獵，跑進一個半馬兩個半馬之後的減速與繞路，也許就像潛水上岸之前，水深五公尺三分鐘的安全停留。只是怎能預料這個三分鐘會逗留得那麼久。

畢業後返家一病十年，時間非線性流動，日子間歇跑。逃跑成為創作。害怕人群就去賞鯨船上練習解說，就從陸軍步槍兵的虛實之間開始重構自己。

退伍即住院，往返醫院往返蘭嶼之際，在小小的海島找到一種父親的感覺。這艘拼板舟，是父親，也是我。因為有那麼多的樹，才能拼成船，有船而有魚；因而能有我。我寫我想保護的生活，寫成我被保護的生活。迢迢的回憶通往未來，少年花蓮與蘭嶼少年，成為病床上的移動風景，成為深夜護送的長途客運。

通往又遠又近的小島，那個被音譯為「咖希部灣」的地方，蘭嶼話的意思是「堆垃圾的地方」。物盡其用的蘭嶼沒有「垃圾」的概念，當然也不會有「垃圾」這樣的說詞。譯成「垃圾」，是為了讓外來的人理解。較接近的意思可能是：「不要的東西」，比方說，壞掉的木頭。有一次我在寶特瓶屋的屋頂對著一個徒步環島的遊客解說，「也可以比方說，壞掉的心情。」可能他也有一點想丟掉或被丟掉的感覺，才會休學或待業或特地請假來這裡走路，來這裡心事回收。

走進咖希部灣，臨淵而慄，我就掉進去了。不知去向的我也有垃圾的感覺，在蘭嶼，我也丟了不少垃圾。把垃圾撿起來，在咖希部灣，我也經常有被撿起來的感覺。

那裡有我的樹，那裡有我的海。等我回去，等我再來。等我歷劫歸來給你寫一封長長的信。你說的故事讓我想要繼續活下去，這次換我說故事給你聽。平安報信是快樂的，收到回信是快樂的。如果這封長信可以讓你也覺得快樂健康——衷於悲哀的快樂，衷於傷病的健康。

遠方未必就是前方，如果已經大幅偏離預計航向，那就繼續渡下去，通往某處亦未可知。操場逆時針繞向前，最後一公里，繞進地心。遠方如果是原地縱向，如果是，內向的前進。

失衡的免疫部隊。帶病旅行，人助自助，往返醫院逐漸成為自助旅行。當我跑起單人接力賽，守床的父親換我守護他。一路上有那麼多人把我拯救回來。長距離跑者的星際救援，只有自己才能拯救自己，我已經不只是自己。

恐懼突變之餘，新型恐懼會再來。我們曾經一起在風浪裡翻覆平安。下一回合的警報來襲之前，我們且先作伴散步旅行。只有你會遇見我。最遠也最近的旅行，是我所去過最遠的地方，是我所去過最遠的所在。

輯一 共病生活

我逃跑，但其實我一直都沒有離開。
所以我現在必須逆時針再回去那個
災後現場，去牽起那個抱膝蹲下的
我，去搖醒那個以為投擲出去的手
榴彈已經爆炸所以趴下尋求掩護的
我。我想帶他回來現在。

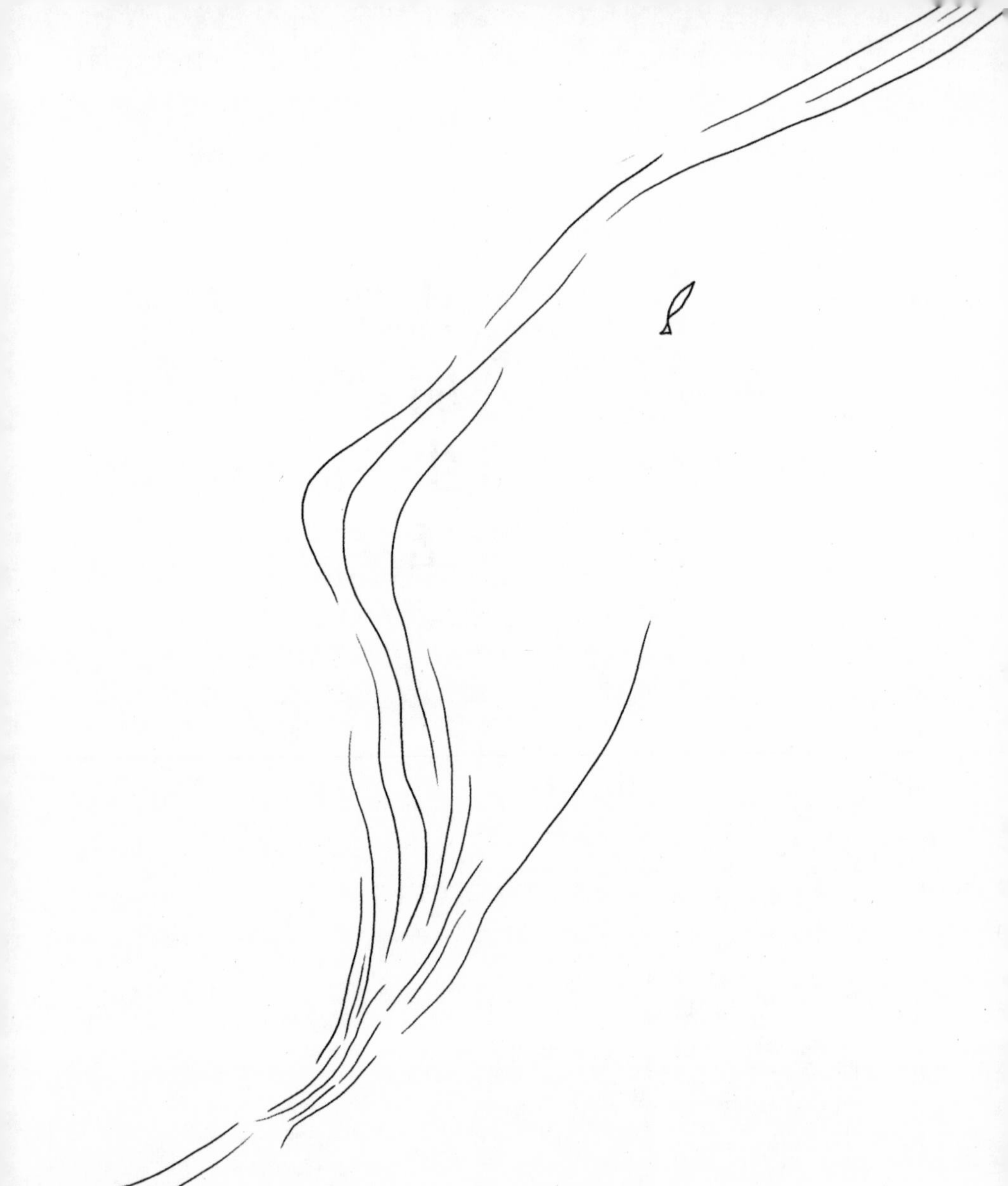

我所去過最遠的地方

想起上一次見到媽媽，已經是十九年前。

三十歲那年的驚蟄過後，驚的是我；春分，分是切割。出院以後，為求吉祥，先去了墳場。總是被陌生的親戚警告，快點把媽媽帶離那個旁邊有電線桿壞風水的墓地。那個後來也曾經長出雀榕與金桔的墓地。

連日大雨，泥土鬆軟好掘。正式動工的時候，撿骨師請父親迴避，父親愕然，但也只能聽話退至稍遠的竹林裡，就像每次親戚聚集的場合裡，他總是置身竹藪中。

妹妹到棺木前端撐起黑傘，我順勢跟上。就連撿骨師都很意外棺木的完整。拆釘掀蓋，首先看見的是整齊散落的衣物。我們都是首次目睹棺木內容物。熟悉的衣服花色，輕易就把我推回十九年前的那個夜晚，很早就被大人騙去睡覺竟然還真的睡著的小孩。

那是入侵現實的夢境。客廳被金黃色的布簾圍繞，像是來自醫院的病床布簾席卷而來。桌上是媽媽的黑白照片。照片裡的表情，滿懷期待準備要去搭飛機。照片旁邊的小型黑色錄音機整日播送同一句，那機械旋律像是被罰跪唸經。好大的冰箱，裡面不是冰棒冰淇淋，是媽媽被冰在冷凍櫃裡。

曾經環抱過黑色雪紡紗，那件豹紋的瑜珈緊身褲，輕輕撥開泥土，衣服掀開才發現裡面沒人。骨頭在泥土裡枯萎。不見了，子宮與骨髓都不見了，不見血跡。留下的翠綠玉鐲，那裡曾經是左手手腕。環抱我，我的身高只到媽媽的肩膀，媽媽一手搭著我的肩，「長高以後就換你搭我啦。」另一手抓著診所藥袋，那是我最後一次陪著感冒發燒的媽媽散步離開診所。三位撿骨師傅在泥土裡仔細翻找。古早的誓言，愛你入骨唷。拆穿肉身的是外科醫師，最後能夠撫觸入骨的是撿骨師傅。棺木與衣物留在原地，把墓碑敲碎。敲碎後離開，離開表示曾經來過。

以鉗子一顆一顆拔除頭骨裡的牙齒。我示意想保留一顆，「她已經做了神明，不需要牙齒，你不能幫她留。」原來神明不需要牙齒啊，撿骨師把牙齒拋進土裡。媽媽不是被供奉的公媽或神明，兒子藏匿一顆牙齒也不算偷盜。

撿骨師稱讚媽媽的骨頭漂亮，有硬度。「媽媽今年才比我大幾歲而已啊。」他們使用瓦斯槍讓骨頭乾燥。火烤骨肉的味道怎麼都那麼像。倒出頭顱裡的泥沙，泥沙從空洞的眼窩流出的是剝離的回憶也是誇飾的眼淚。刷掃骨頭，排列骨頭。在排列完好的每塊骨頭上分別點上紅漆。那紅色是喪事紅。組合脊椎骨，穿線綁合。綁合兩邊各三根腿骨。

脊椎是你背著我，腿骨是我第一次學會走路。當我跑步的時候，媽媽，我有點喘不過氣，在操場的陳舊跑道裡，我把褐紅色看成血癌紅。

三十歲的春天，我被推向更遠更擁擠的醫院。側躺在血液科的手術床上，彎成蝦子的身形，一起彎成媽媽當年受檢時的身形。執刀醫師預告，可能會有一種痠痠的奇怪感覺。在麻醉藥效的表面掩護之下，反而引發我的好奇。其實再痛也就是那種痛，頂多就是帶刺的痠麻的螺旋狀的奇怪感覺。最辛苦的其實是術後漫長等候的忐忑。等候報告揭曉，恐懼與猜疑會率先擴散轉移。

不能再見面以後，媽媽是我唯一的神明。使我神智混沌，使我神智清明。媽媽不在，所以在。其實我也曾經是有媽媽的小孩，在回憶的想像裡繼續長大。「為什麼沒有星期八？為什麼時鐘只到十二點？媽媽你的生肖是什麼？」和媽媽外出兜風的時刻，站在機車踏墊上的我頻頻轉頭追問。「媽媽屬貓。」結果我們之間僅有的幾場對話就是這些無處可答、答非所問。

二十歲就開始經營美髮店，媽媽在家裡當女工，她的手就是我剪頭髮與洗頭髮的手，媽媽用大梳子打人，罵我的聲音穿透吹風機，媽媽的味道是染燙藥劑，流淌在我們的感官與血液，直到發燒暈倒在地。「這個時候，你會怎麼做？」我是媽媽的兒子，我們都是生活裡的長跑選手，當我的皮膚開始出現這些不明的疹丘與色素沉澱，還在替我探測體內各個器官是否損傷的醫師說：「還好你的皮膚在前線替你犧牲。」遙遠前方的媽媽，透過我的皮膚散發信號：「可以比我勇敢，但不一定要比我努力。」在我發燒暈倒以前，就算我不知道身體裡有火山準備爆發但還是很容易就讀到野火焚山的警訊。

「媽媽要你先休息，不要再像她那樣了。」按壓著傷口的白色紗布，穿刺術後血跡停止綻放。

撿骨師在媽媽的頭骨覆上一層紗布，以紅色廣告顏料在紗布上描出五官，畫出沒有牙齒的露齒鮮紅微笑，畫出過大的鮮紅耳垂沒戴耳環。愈是補畫就愈顯不在。看不到，聽不到。拿掉假髮的媽媽一直在笑。

他們捧起重組的媽媽裝進鶯歌骨甕，往縫隙塞進木炭與四方金。重組過後的媽媽縮得小小的，像是終於被移植新骨髓的春天嬰兒。十九年後他們感嘆我的媽媽終於可以回家。我覺得身為神明就是因為沒有回家。

出院以後最想去的地方，是操場。

離家最近的四百公尺操場被散步的人潮或田徑隊與夜跑協會占滿的時候，我會繞遠路去更遠的二百公尺小操場。

小小的學校，小小的操場，四百公尺的一半但其實比一半更為窄小。圍牆很低，一邊跑步一邊觀看有人在洗車，有人把棉被曬在車頂，有人在車輪邊曬著筍乾。司令台睡滿午休的狗，應該午睡的時候，那個人究竟在那邊做什麼？這是假期的小學操場，操場旁邊有一棵老榕佐小廟。誰都不知道我在這裡做什麼。

大操場逆時針跑久了謠傳會變成「長短腳」，儘管小操場跑起來不是很合身，但有時可以無障礙順時針跑。不停地轉彎，與平時反方向的轉彎，很快又是下一個轉彎。跑進第四十九圈，最後一圈返身逆向，跑道就會傾斜，故障的兒子就可以一邊減速一邊放心斜斜掉進去。

都電荒川線單節車廂減速晃進兩側低矮房舍的時候，我的一人操場也發生地殼變動。這天準備要下車的站名是「鬼子母神前」，我要代替你，去到那裡。去找青柳小春。晴空迢迢的單節電車，午後漫漫的一人操場，這種被守護、被裝回去的感覺，不是回到子宮，而是進入骨髓。

敬告我體內那些激動的B細胞，今天可不可以收斂一點。你們這樣少年得志、聽命於誰到處揮霍抗體，救我救到敵我不分，記憶細胞到底想起了什麼？

想起還住在子宮的時候，只有IgG抗體可以穿透胎盤給予被動免疫。脫離子宮已經很久，怎麼IgG依然母愛般地增生暴漲。保護的抗體失控，保護成為傷害。傷害即是鍛鍊。那時剛成為小學生不久，你就去錄影帶出租店找來一部《沒媽的孩子》，行前演習。這不是電影。那時你一定也很害怕。

會怕才是勇敢。我的造血運動，在這個小操場，在這個被我跑成血管的褐紅色跑道。繞圈循環，跑成淋巴系統，跑進胸腺，不跑的時候也要核心訓練，漸漸變成自己的殺手T細胞部隊。這不是漫畫，紅血球會迷路也會哭，白血球會動情也會流血。我的B細胞其實是本性善良的不良少年。

這樣跑，這樣喘，就可以不必喝紅色的湯汁補血，不必喝綠色的湯汁補氣。看看我這樣一直不停繞圈也不覺得暈。如果我總算安靜下來，不是為了原地拍打身體促進什麼循環不循環、躺著按壓身體促進什麼暢通不暢通。靜靜躺成一株波士頓腎蕨也濾不掉的小鎮壞空氣。今天是什麼顏色的旗子呢？操場上的小學生混亂活躍。這樣混亂活躍讓我還會覺得餓。飯後還可以再多吃一口垃圾食物好快樂。

遺傳有很多可能。我跟你都是從小就逃家。我跟你的故障方式很像，但還是不太一樣。

日劇《Woman》裡的青柳小春想去找到世界某處可能存在的另一個自己。如果另一個自己是健康的，她想讓那個健康的自己代替她。如果你也這樣想；那個另一個你，可不可以就是我？

年紀已經比你還大的我，新科技新療法更穩定的現在。拆開護身符發現裡面什麼都沒有，痛到眼睛閉起來看見你還在。來到這裡就覺得什麼都沒事。

什麼都沒事的地方。鬼子母神前，我來替你探望，我們母子均安。我會替你好好保護，你留下來的最珍貴的收藏。

出院以後的第一次旅行。出院以前，我在醫院的地下商店街遊走，遇見盡頭角落的一間旅行社。昏沉委屈的光線，照耀著海島假期與各種自由行。這裡是天涯海角，還是走投無路？

只要可以出院。有人旅途愉快，有人旅途不愉快。有人害怕旅途；無論是出發的，或是被留下的。好久以前，好久沒有出院、把假髮戴成暖帽的媽媽，也去拍了一組相片，請旅行社代辦第一本護照。那張護照相片成為後來每個人見到她的最後一面。「我要搭飛機去一個很遠很遠的地方，那裡有人可以救我。」

單節車廂帶我繼續晃進「荒川遊園地」。從車站走到遊園地沿途會經過各式玩具店與扭蛋機，一路歡樂到底；怎麼一個小孩都沒有。「再一百公尺就到了喔！」路邊提示板這樣鼓勵著。

媽媽被推進救護車、送往急診室輸血的那一天，這種狀況不是第一次，某些大人，反方向抓著我和妹妹前往那個山腰上的遊樂園。他們覺得小孩不適合醫院比較適合遊樂園。我被那些機器甩得好擔心，「要抓緊。」我在塌下來的天空裡對著一起被關進機器裡高速旋轉的妹妹這樣喊。

「媽媽怎麼了？」遊樂園的隔天中午就被大人從學校匆匆接回家裡的我，看著媽媽已經從醫院回來，躺在臥室的床上。「轉去啊。」回去了，大人說。

「不是回來了嗎？」我看見媽媽的眼睛是睜開的。

走完最後一百公尺，看見大門告示，我才知道這天是荒川遊園地的休園日。路邊的白木蓮，也跟著喧譁起來。遙遠的過不去的那一天，全世界的遊樂園都應該休園。

◆◆

在大操場騎三輪車的小孩該回家吃飯了。坐在跳遠訓練場玩沙的小孩，跟火車揮手說再見的小孩，跑道旁，還有一個正在學步的小孩像是新手誤闖快車道。

我繼續跑，現在的我只能繼續跑。落單的我跑完第十圈，停下來喝水。你不知道，有時候我跑著跑著突然就像被催發、被活性化。握著捲起來的白色毛巾，繼續跑，像是某種接力棒，像是信物，以動態的方式等誰來。第十圈以後，有動靜了。我放慢速度，必須保留一點體力，好讓我可以跟上你的速度，可以追著你跑，但永遠不會追上你。

迎面而來都是回憶。轉換方向，轉換風向。逆向回憶讓我流汗。我跟在你的身後逆時針跑，和你一起流汗。在這個不顧跑道禮儀的操場，你總是跑在最外圈的散步道，而我總是先退回最內圈的測驗跑道，接著，我會一圈換一個跑道，三四高速道，五六慢跑道，七八散步道，錯落的速度朝向你，鬆散的散步延壽隊伍是我的掩護。我只會跟在你身後三到五步的距離，你千萬不要回頭。天色漸漸變暗，此時此刻，迎面而來都是你。你的速度拖引著我，吹過你的風又吹過我，汗水滴在跑道上，我踩過你的，再跑一圈你也會踩到我的。我已經一個人先跑了那麼久，就快要跑不下去了。

有時我已經跑了十幾圈而你還在操場旁邊暖身，為了若無其事再交會一次，我就必須再多跑一圈。有時我看見你正在看我正在看你，有時你一邊伸展一邊望向天空，有時我故意假裝凝視前方。我反覆在腦海中素描你，一圈又一圈，反覆修改，把炭筆畫成油畫。

跑到天色散布各種層次的深藍，跑到變成色調趨近單一的黑，跑到變成各自的黑夜。跑到跑道翻轉成為泳池水道。身上穿的紅色，沒有被夜色完全融解，反而像是挑逗的火焰，讓我氣息渙散，奔跑想像自己正要撲火。

有時我會假裝自己已經死了。瀕死之際，就會下潛般地明白什麼才是更應該把握的。我的三十歲是這樣撲面襲來的。我撤退回家。回到這個年少時最想逃離的地方。少年B細胞得意忘形，我覺得有第二個少年想要重新適應成人。

死去才可以再活下去。沒看報紙副刊，不逛書店，最低限度的網路互動。從前在二手書店買的舊書堆疊在地上都還沒看完。山高卻是斷崖。偶爾不慎接起電話或回信。不回應也是一種回應。我回來還遇得見你嗎？有人死亡，有人出生。颱風地震隨時都有，豐收或裂果，河流與土石流繼續流，漂流木躺在海岸，老樹被年輕人砍去，地球上的新芽持續生長，飛魚與鯨豚循著黑潮每年經過。少我一個人不是損失，多我一個人即是浪費。

不記得今天是星期幾。每個月搭火車前往醫院，在車站出口購買《大誌》雜誌。以回診標誌日期進展。一年的一半，六月的雜誌裡有一段話：「把現在能做的事做到最好，把每一天的生活過到最好。」

誰都不知道自己能不能活到明天。那些檢查數據是數字，數字不會說出全部的事，醫師也是人，醫院也需要賺錢。沒有誰是全體健康的。

所有必要與多餘的侵入式檢查，都在三十歲的夏天過後暫時告一段落。像這樣存疑卻又無從治療其實也不必積極治療的疾病，連續十九個月的類固醇實驗，深刻無效。我已經很久沒有起床醒來的感覺。沒有快樂，也沒有不快樂。

跑步的時候，我還能擁抱我滾燙的、過快的心跳。跑著跑著，抑鬱會突然被快樂浸潤。跑步是為了趕赴疲勞以後的興奮與舒暢。一邊收操、伸展，一邊看著操場上的那些移動的人們，看他們的移動也讓我感覺到生命。欲望之追逐，生命之追逐。我們沒有約好，但你們還是陸續趕來這個沒有終點的操場跑道上追逐，揚起各自的萬千風帆。

可能沒有人在終點等我，可能有人在終點等我。日子有時一望無際，有時卻又感到來日無多。

每日的潮汐沒有固定週期。我的昨天只有三小時，今天六小時。白日是壓縮，夜間是膨脹。漸進式停藥以後，不該醒來的時候醒來，應該清醒的時候覺得睏。躺著躺著，竟然就是凌晨四點了，凌晨四點是什麼？可以聽見小鎮的羊奶送貨員把新鮮的玻璃瓶放進隔壁鄰居的專用箱裡，玻璃瓶碰撞玻璃瓶會撞出清脆的音樂，我的凌晨四點從此變成玻璃瓶身碰撞的音樂。哪一個黑衣少年快來幫我偷走玻璃羊奶瓶，邊走邊喝邊逃跑。

我的生活，逐漸變成走路的速度、變成慢跑的速度。三公里是最小單位，十公里不遠。曾經日夜囤積跑者的禁藥，汗水都是藥的味道，像是工廠趁著連日大雨偷排廢水，跑步於是讓我有清洗的感覺。

出院以後，我還是會想起新訓那段規律又整齊的日子。好像藉此便可以讓所有的痼疾慢慢瓦解。出操以前，班長總是會問：「痼疾人員舉手，出列！」每次都像是在叫我，但我總是漫不在乎繼續和大家一起操練。

◆◆

自我的操練，自己一個人參加路跑賽。七個小時以後就要起床跑步。這是第一次在生日當天參加集體路跑。我私下認定，如果順利跑完，好像就通過了某種生命探測與健康檢查。

想起第一次參加十公里路跑的前一天晚上也是失眠。搭火車去東部的小鎮參加路跑。起點的開始是失眠。當初之所以煞有介事地決定報名路跑賽，其中一個理由就是為了矯正我的凌亂睡眠。早睡早起，陽光少年。是三個邊跑邊說話的原住民少年帶領我一起跑完全程，雖然我在最後兩公里還是決定停靠水站，不停不行，不喝水不行。這種超抽地下水的感覺讓我跌入地層下陷般的沮喪裡，最後是天邊雲層洩漏的新鮮陽光讓我醒覺復燃。跑到只剩兩隻腿。如果有人在終點等我。我必須趕去和領跑人會合。即使隔天一跛一跛的，也覺得自己無傷完跑。

那是第一次失眠跑步。這是第一次生日跑步，起跑前，睡眠裂不成形。外面疑似還在下雨，我壓制不住的感冒疑似還沒有痊癒。到底要不要去跑？

在依然落雨的凌晨三點，決定放棄。放棄怎麼會那麼難，如果我是在前一晚就果斷放棄的那種人，我的人生會不會比較輕鬆？一直拖到最後關頭，才說服自己不要給工作人員添麻煩，失溫或暈倒如何是好。逞強不是堅強，決定放棄才是強悍。最後送給自己的生日禮物是：多睡六小時。儘管計時晶片已經繫在鞋上，號碼布已經別在衣服上，此時此刻我最需要的，就是好好睡一覺。做了這個冗長的決定，好像已經跑完十公里。

我還可以再脆弱到什麼程度。

搭客運上山跑步。當初報名時，一心只想著新鮮的空氣與森林。起跑時的溫度是攝氏兩度，手上握著的毛巾還沒擦到汗就開始擦鼻水，眾跑者們也像山路一樣在我身旁蜿蜒，集體流鼻水、擤鼻水。冷風迎面撲來，上坡迎面撲來，有上坡就有下坡，以及彎道；也有煞車失靈緩衝道。這麼多人互相陪跑，一起上氣不接下氣也是互相打氣。就是因為冷，所以需要加熱。這是一個寒冷的晴天，我們在山裡流轉，跑到前後都沒有人了。

前方是吊橋也得跑步通過。通過有雲霧的地方就好像被送進某個祕徑然後又被推回。通過有陽光的地方就忍不住放慢速度然後又把速度調回。

白晝漸短，操場旁的路燈愈來愈早亮起。在操場角落延伸的直線跑道區，我抱膝蹲著，微微前傾。

在操場的角落，我抱膝蹲在夜晚的榕樹底下。入夜以後的枝葉低沉澎湃，抬頭望去就更像一個屋頂了。今晚的天空還可以看見雲，雲是朦朧白，就像夜晚的白海浪，凝固的白海浪。凝固但仍緩慢移動，是吃類固醇的感覺，是慢慢停藥以後的慢慢的感覺。路燈把眼前無限延伸的暗紅色跑道照出一道無限延伸的白色，那暗自發亮的白色大概是好幾雙、好幾雙跑鞋摩擦而過的痕跡，不停摩擦，磨成一條跑道上的白色河流。我蹲低看著跑道上的白色河流，想著自己一個人在這個跑道上來來回回不知道已經繞了多少圈。

操場跑道總是必須逆時針跑，逆時針跑到一個神奇的里程就可以在途中逆轉時間。

時間的側面，日子的夾層。我的時間變成冬日清晨的速度。就像廣闊的草原，廣闊到只有你站的地方有雨，而我在晴朗的區域撐著一把紙做的傘。

我逃跑，但其實我一直都沒有離開。所以我現在必須逆時針再回去那個災後現場，去牽起那個抱膝蹲下的我，去搖醒那個以為投擲出去的手榴彈已經爆炸所以趴下尋求掩護的我。我想帶他回來現在。

冬天傍晚的操場，不管有沒有下雨，散步聊天的人少了，來這裡跑步的人也少了。不過，會來的人就是會來，在低溫裡跑步的舒服只有跑步的人才知道。有人穿著羽絨外套在跑道上慢慢走，手套加上毛線帽，有人則是短褲背心慢慢跑。冷風如常，細雨有時，每個人都有給自己加熱的方法。冬天的冷可能只會愈來愈冷，冬天的熱可能會愈來愈熱。我還是會再回來操場練跑，不管遇見誰，只有自己給自己加熱才會真正溫暖起來。

那天清晨，我走進第一班捷運，像是各方支流紛紛流向出海口，去跑這一年的最後一場半馬，覺得自己正在赴約途中。對我來說，沒有失眠比完賽還要艱難，難得昨晚很快就入睡，這大概也算是一種進步。

天光要亮未亮，各自找到自己的一個小區域默默整理自己，準備出發。大家的表情看起來都很虔誠，我喜歡這種熱鬧又穩重的儀式感。有人在暖身，有人還在繫晶片，我們的跑鞋上都有晶片，經過某些人的身旁或許可以聽見感應的聲音。我們都有一組自己的號碼，雖然我不喜歡被編號，但是一路上所領取的這些跑者號碼就像是我的幸運數字與通關密語。號碼布沒有名字。今天的我不需要名字。

為了讓自己有更健康的感覺我開始跑步。有人說過，想要從事不健康的心理勞動，身體必須更健康才行。天已大亮，就快起跑，大家都擠在摩天大樓前像是即將會有一場白日煙火盛開。和這麼多人聚在一起，隔著輕薄的衣物甚或皮膚輕觸皮膚，我好像第一次目睹人群一樣。有一陣子我可以很有耐心地跟詐騙來電或路邊問卷聊天，因為已經很久沒有跟誰說話，就當作是復健活動。一個人在鄉間離島的長路上徒步，有些人只有在你一個人的時候才會遇到，人性本惡但我還是經常少年般搭進善意的便車，進入這僅有的一段千里相逢，相逢千里。

進入仁愛路以後就開始缺氧，「我不想死在這裡啊。」已經跑了三公里，人潮還是散不掉。跑在馬路最邊緣，一邊跑步，一邊覺得孤單是動態積極的孤單，而寂寞如果控制得好，就是一種不會造成汙染的燃料。「我不能死在這裡。」愈跑愈遠，每個人的距離終於逐漸拉開，逆風也是新鮮空氣。

這次沒有跟著誰跑，我好像已經找到自己的節奏與跑法，雖然一直到十公里以後才把身體打開，十公里是打開身體的基本單位。人潮裡一個人慢慢跑，跑得像是雨中的野溪，卵石般流過那些熟悉或不再熟悉的場景，跑步整理自己，該留的丟不掉，該丟的留不住。這次沒有自備水杯，握緊第一個收到的紙杯像接力棒一樣跑進最後一個水站也沒有任意丟掉。最後一關是地下道，我心甘情願衝進這隻抹香鯨的身體裡。糟糕的空氣，想起糟糕的回憶。貧血的我還沒暈倒就已經看見有人被抬上擔架，躺在那裡的人原本應該是我。美好的回憶支撐著我，糟糕的回憶頂撞著我，核心肌群架構著我，輕輕捏著的空紙杯引領著我。

為了準時逃離營區而勤奮練習的三千公尺到現在的三七二十一，絕對不是七個三公里而已，就好像全馬也不是兩個半馬。但我確實已經跑到一半。跑到一半不是半途而廢。應該工作的時候沒有工作卻在高速公路跑步，應該加班的時候沒有進辦公室卻在城市的行政區域周邊跑步。也曾經在深夜的城市裡突然奔跑起來，那時只是為了好玩。如果我突然拉起你的手就跑起來，你會不會就讓我牽著一起跑起來？

「先走了，下次馬場見！」

完跑以後，體力消耗很多，很想睡覺，但卻覺得自己能量滿格。我跑完了，無傷完賽，這是本日最微不足道的大事，但還是很想用電話卡打電話告訴一個誰，我跑完了。出門跑步總是不帶手機，要找到公共電話不容易，我現在也沒有隨身攜帶電話卡了。

其實我也想要打電話給你，但總想要等到更好一點再說，總想等待好消息。那時還不知道，現在就是最好，現在就是好消息。

謝謝你在遠方陪我跑到這裡，讓我可以再多跑一公里。冬至前一晚，收到一封久違的簡訊，訊息說：「聽說北半球的颱風都是逆時針的，沒有逆時針到不了的地方喔！」

下雨了，我不知道什麼時候會放晴，但我喜歡雨中慢跑的感覺。雨中的我會逐漸好起來的。很久以前經過山洞口所以遇見現在的你。因為曾經一起路邊野餐，只有我會遇見你。

只有這樣的我，才會在這樣的時刻遇見這樣的你。我一個人在沒有開燈的房間裡，看了這樣的一部短片，片名是《I travelled 9000 km to give it to you》。我旅行九千公里把它交給你。我反覆唸了好幾遍。每當跑步快要跑不動的時候，不自覺就會把這句話唸出來，讓自己振作起來。我赤腳跑步九千公里把我還給我自己。

寒害來襲那天，我依約前往那個起跑線。去年生日前夕，整晚在床上翻來覆去，最終還是在隔天清晨決定棄賽的那個感冒的人，我在當時已經跟你約好，會在今年的同一段路幫你跑完當時你沒去跑的。所以即使遇上這深海怪獸般的低溫，我一定會出發。還有，最重要的是，昨晚沒有失眠。

雨不停，我把外套拉鍊拉到頂，遮擋口鼻，帽子覆蓋頭頸，視線只有前方。忘了帶手套，雙手只好暫放口袋。這樣就可以踏著積水邁步前進。就像一個人去看萬人演唱會，加緊腳步去跟廣場的那群人會合，踩著跑鞋抵達集合現場就是簽到。起跑的理由各自不同，但我們都在對著心中的某人致上敬意。

起跑時，照例鼻水多過汗水，沿路的積水讓我知道，原來這條看似平坦的馬路，哪裡藏有凹陷，哪裡其實是歪斜。原來，我的心裡還埋有未爆彈：此刻的軟弱與後續的堅強。不死心的低溫與冷雨一路尾隨，這次實在是很難讓我把身體打開，身體還沒完全打開，右小腿竟開始脛前疼痛。

應付這種疼痛的方法，就是放慢速度繼續跑下去，很想乾脆步行但是不行，繼續跑，果然也就不再痛了。用疼痛覆蓋疼痛，一旦濕透就不再怕濕；防潑水外套還能應付這種小雨，一旦完跑以後，還必須確保不能失溫。我就這樣懷抱著自造的暖爐，慢慢跑向去年就懸在那裡的終點線。河濱公園怎麼每次都是灰色淤積的。跑完以後，灰色淤積看起來也就變得相對流通了。雙手僵硬到無法順利把傘撐開。

寒害落雪那天以後，至今我沒有再去過操場。操場可能也是灰色淤積的。我沒有受傷，也沒有感冒。但可能還是受到一點風寒，那天的薑湯就像糖水一樣。有人來訊，說他們的魚塭都是屍體，年關難過，下半年可能更難過。我想起還穿著迷彩服的時候，風災過後奉命參與魚屍撈捕，目睹池面淨是波光粼粼的嘆息，當時的我們戴著口罩接力搬運一袋又一袋肥美飽滿的死亡。當時的魚塭主人面無表情駝著老背站在一旁也像是戴著口罩。

有人在寒風中把明年的《大誌》月曆遞給我，封面寫著：「動物般。開始。」這讓我在最冷的那天，發出了臉書朋友的第一個邀請。洞穴冬眠總有結束的一天。低溫虛弱時，閱讀《動物的武器》。書上說，麋鹿頭頂的犄角每年都會脫落，靜候隔年再生。鹿角生長時，除了能量的消耗會比平時還要激烈，身體其他部位的骨骼也必須為了這新生的鹿角而釋出鈣和磷。

飛砂走石。我頂著新角，舉步維艱。基本的能量與營養倘若盈餘，才有資格製造龐大的犄角。唯有能量飽滿多餘，才能放情奔跑，憑著脆弱而堅強的骨骼，投入春天的戰鬥。去承受犄角可能糾纏在一起的風險。

寒害以後持續低溫，實在沒有能量再供應跑步的力氣。我搭車去醫院抽血，準備隔週複診看報告。這次的報告相當關鍵，攸關是否必須接著再投入一連串的侵入性檢查與後續是否必須展開積極治療。每次伸出舊的手臂給新的抽血人員插針時，她們總會感嘆一下，這傷痕累累的皮膚表面，這些刀疤與彈痕，這些那些，「這一定很困擾你。」她的技術極佳，儘管我的抽血的時間總是漫長，「嗯，很困擾。」但我沒有察覺到她已經從我體內取走了什麼。「壓五分鐘喔。」

坐在休息區的椅子上，兩分鐘後，我趕緊把頭低下。我不是因為擔心或害怕那些數據結果，而是再度想起自己在等待無盡迴圈的檢驗報告的這段時間以來，一直沒有出現具體的敵人可以奮力對抗，無奈摻雜委屈。如果大魔王真的來襲，我不認為自己會輸。我會穿上我最喜歡的那雙跑鞋，陪伴我跑完第一場半馬的跑鞋。我和大魔王的獲勝率都是一半一半。無論醫師判斷成功率多高或多低，成功就是成功，失敗就是失敗。

並不是因為體弱心傷，而是想起自己一路以來，實在是遇見了許多好人相助相伴。那麼多的上坡與下坡。我其實是比較喜歡上坡的，上坡更有跑步的感覺，雖然常常必須慢下來，但這種踏實就像翻查書籍文獻必須老老實實讀到最後一頁。那些艱困但珍貴的上坡，那些失控與歡呼的下坡，那些突然的路障與被迫改道，因為舉辦馬拉松而暫時失效的紅燈，等待交管放行的機車騎士隊伍，還有幾位穿著厚外套蹲在路邊替跑者留影的攝影大哥。儘管時間停滯，我的犄角仍然持續更新、持續成長。走出醫院，明明還是冷的，但是這天的陽光怎麼這麼清淡體貼。

去醫院的時候，我刻意不穿跑步時的服裝和跑鞋。但我這次穿了那件保護我在雨中奔跑沒有失溫受傷的外套，去看上週的驗血報告。那些持續異常增生的數據仍然持續上升，但是上升的幅度比起上回，已經略有趨緩。我走出診間，抱著我的背包靠在候診區的柱子上，想起醫師說，清明過後再來就好，好好回家過年吧。

清明時節，我想念和自己促膝長談的每個晚上。躺在深夜的床上，對著空氣和誰說話，聊著聊著，涉草進入精神的曠野，深夜的間歇跑，我的睡前精神病院的長廊，赤足跑進深夜的深夜。

我在一個夜晚的場次，看了一部記述印度舊德里地區，露宿街頭者的紀錄片《夜寐之城》。入夜以後，無家可歸或是離家太遠的人們，各據地盤。稍有經濟能力者，可以去租一張簡陋的床（看起來就像一張輕量型躺椅）在打烊的市集的固定區域裡睡上一覺；也可以去鐵橋下的電影院一邊看電影一邊睡覺。

說是電影院，不過也就是用幾張彩色塑膠布，圍起四周的一個大帳棚。午夜過後，帳棚裡的老舊投影機會連續播映三部電影。一邊看電影一邊睡覺，中途醒來，迷迷糊糊發現電影還在播，於是覺得很有安全感。好像睡在電影裡。

睡在橋下的一個印度人說，這裡常常都有失意的人會從橋上跳下來，如果我們看見了，就必須跳進河裡救他，「我們睡在生與死之間。」下雨很無奈，河水暴漲也很麻煩，洪水你就儘管來吧，這位每晚都來到橋下電影院的詩人說：「只要我們睡在一起，就沒有什麼可以傷害到我們。」

沒有什麼可以傷害到我們。

有時也會想要睡在啟動定速裝置的遊覽車，在高速公路巡航，睡進小學畢業旅行回程的傍晚。還有那種夜間循環的公車，可以讓找不到地方睡覺的人，找到一個遮風避雨的位子，看著車窗裡的黑夜疊加著自己，暫時埋進黑夜。或是鄉間淡漠疾駛，語音報站器串起一個接一個沒去過的地名：頂草湖，白花墓，子茂，「前方到站的是，溝皂。」還不是下車的時候，「溝皂，到了。」還要再搭好幾站。有些地名來不及輸入，系統也就直接播報：「前方到站的是，到了。」

前方到站的是到了。

公車迷想要搜集全部的到了。台東轉運站發車，8138末班車，南下「太麻里」、「金崙」，終站「壢坵」。途經「北荒野」與「荒野」，北深夜與深夜，林道遊蕩時空迢迢，顛簸暗中掩護。壢坵流沙黑洞，從前都稱這裡是「樟樹很多的地方」。

深夜與南深夜。夜奔壢坵的末班車，預定要在金崙下車的打盹乘客驚覺坐過頭了回不去。同車的公車迷笑著自言自語：「先經過金崙再去金崙，這才是全程。」乘客回家，司機也要回家的回送路線，一趟一首蕭邦夜曲Op.48 No.1；如此經過核定的路線，此刻在校舍空地緩慢迴車，車頭燈與LED行先板，各自燃醒荒野，那迴轉，同一輛車從8138隱隱轉為8159回送車，那迴轉，就是在說：

「即使是末班車的最後一站，也是會有下一站的。」

就像分母不得為零

第一次自己搭火車，是要前往一個叫做「沙鹿」的地方。從來都沒有去過的地方，那裡是不是有很多沙？是不是有很多小鹿的沙漠？

那裡不是沙漠，去那裡要搭乘海線的火車，但是窗外還看不到海。爸爸在火車站上班，日夜休輪班，這天沒辦法陪我一起搭火車，要等到休班那天，才會趕去和我會合。媽媽在家裡的美髮店日日夜夜忙著，於是請她在沙鹿當護士的妹妹，特地來家裡帶我一起搭車去她工作的醫院，接受中耳炎的手術。

因為是第一次手術，害怕到全世界只剩自己一個人，都忘了那天還有媽媽的妹妹帶我一起去。快考試了，九九乘法表還沒背完，我根本不想請假去醫院。「我會先帶你去買新衣服喔。」媽媽的妹妹對我說。

手術就是開刀，開刀就是切開身體、流很多血。轉診前，我在耳鼻喉科診所聽見醫師對爸爸說，會在耳朵裡裝一個管子，讓積水流出來，只是小手術而已，不用擔心。他們這樣說，我就這樣想像畫面；想像耳朵裡的管子會流出很多水，還有很多血。

開刀會很痛，我抗拒不休，醫師笑著說會幫我麻醉，「麻醉之後你就會睡著，就不會覺得痛了。」麻醉是沒有感覺的睡著，會睡多久呢？「開刀醒來以後，你的耳朵就不會一直聽見咚咚咚的聲音了。」每次看完耳鼻喉科或是牙科，爸爸會帶我去坐五元一次的小蜜蜂搖搖車，這次小蜜蜂坐了兩次。我說我回來以後還要再坐一百次。

手術那天，身穿全套新衣服，一個人來到手術室前。想起家裡的媽媽，想起路上的爸爸。因為媽媽的妹妹沿途安慰了什麼都沒有效果，我還以為自己其實是一個人哭著走到手術室前的。穿著新衣服來也沒用，馬上就被換上另一套手術服。我躺著，哭聲漸漸淡了，一群人包圍過來，我就睡著了。爸爸什麼時候會來？

我記得手術室裡的刺眼燈光與冰冷，還有戴著頭套、口罩只露出凌厲雙眼的人臉。爸爸後來告訴我，我在手術中途醒過來，醫師趕緊追加麻醉劑量，使得我在手術完成之後持續昏睡許久。爸爸在病床旁陪我，直到我醒來。醒來時看見爸爸我就哭出來。「好了好了，醫生說你很勇敢，沒事沒事。」此刻我和爸爸都不知道，事情才剛開始而已。

爸爸也不能再堅持日夜休輪班，等到休班那天再直接搭火車趕去醫院。這回輪到媽媽了，而且一病不起。年輕的爸爸就這樣一直守在病床旁，一直守到現在，守到媽媽已經比我還要年輕。

其實並不貪生，但不知道為什麼就是很怕死。媽媽因為血癌猝逝以後，爸爸會不定時檢查我和妹妹的下眼瞼與手指甲，察看是否血色充足。說不定其實也不怕死，只是，不想再去醫院。不想再聞到醫院的氣味。

耳朵的發炎是一個起點，多年以後，不知不覺引燃了全身。

這個疾病是液態的，威脅也是時而液態時而氣態的，我們就像害怕遇到鬼一樣地擔心下一個就會輪到自己。那一陣子，很流行在星期六的深夜聚在電視機前，摀著耳朵聽明星說鬼故事，蒙著眼睛看專家鑑定靈異照片。

有時我會覺得媽媽回來了，像是鬼魂造訪。焚香燒紙的氣味源於死亡。有一陣子我會聞到屍臭味，覺得媽媽回來跟隨著我，我會在深夜的樓梯裡突然跑起來。睡覺的時候，腳都不敢伸出棉被之外，深怕會被誰拖走。我明明是那麼喜歡且想念媽媽，卻覺得媽媽變成鬼了。

黑暗之中，想起媽媽變成鬼的第一天晚上，「喂，叫你媽媽起床聽電話，我要預約燙頭髮！」急忙講完這句事先跟誰商量好的台詞，掛掉電話的同時也掛斷嘻笑聲。我當然認得那聲音是來自班上的同學。媽媽變成鬼的第二天我就去上學，班上的國語小老師語氣端莊地問我：「你不是應該去奔喪嗎？怎麼還會來學校？」小學生是如何理解「奔喪」的呢？說得我好像就必須即刻流淚奔跑起來。我不知道這樣的話語是善意還是惡意，於是就當成說者無意。

還不懂得什麼是悲傷，我只是從此沒有媽媽而已。同學傳來一張紙條，上面寫著：「每逢佳節倍思親，你要節哀順『便』。」許多佳節過去以後，我才理解，「順便」這樣的別字，其實是比「順變」還要從容的。寫紙條的同學當時寫錯也是無意的。順變期間，遭遇到的各種崎嶇坎坷，都是為了讓自己的身手可以愈來愈順便而矯健。然而小學生通常還是粗暴而後知後覺的。

「我有去你家門口偷偷看你，你低頭跪在你媽媽的靈堂前面看起來好傷心。」同學於是約我星期六的晚上去逛夜市。那個晚上，我騎著單車離開蒼白單調的靈堂，耳朵裡滿滿的都還是自動唸佛機傳來的聲響。當我們正準備進入燈火通明的歡騰鬧市前，路邊街燈下，同學從口袋掏出兩三個銅板，給了我一個。我後來才理解那就好像是奠儀的意思，他或許也是無意的，只是因為我們是好朋友所以樂於分享而已。

沒有媽媽，還是必須照常去學校上課，照常玩樂。那一陣子，小學生之間的熱門話題除了鬼話連篇的靈異傳說，也很流行筆仙、守護神這類充滿神祕趣味的遊戲，紙上虔敬追問班上的誰喜歡誰？誰喜不喜歡我？這類初級的煩惱。也會煞有其事扮演算命仙，互看彼此的手相。繁複的掌紋交錯，攸關未來事業、愛情與生命的消長。我攤開掌心看了看，難道真的可以從裡面看出我沒有媽媽？守喪期間，沒有人會來開我玩笑。直到那位聰明跋扈的同學，把我的手抓去分析。即使他擅長考試，也不見得可以看透人生。「你的生命線雖然很長，」他若有所思，「但是你三十歲那年會生一場大病。」說完便離去，像是特地來報信一樣。這樣的一句話，說者即使無心，聽者也會有意。開什麼玩笑呢，你不知道我的媽媽也是三十歲的時候生了一場大病嗎？你當然不知道。

有些事情原本沒有道理卻誤打誤撞。有些事情說來有理卻是得理不饒人。照常去學校上課，也希望生活一切都照常。但還是最害怕母親節了，這一天是想跳過的日子，這一天是害怕被拆穿的日子。雖然大家都知道了，可能有人已經忘記了。老師在數學課再次提醒大家，分母不得為零。這是依據什麼道理呢？小學老師說不出什麼高明開朗的道理，但為了讓同學都記得更清楚，於是就再補上一句：「就像小孩子不能沒有媽媽。」

這樣的一位老師，不常以藤條打人，反而發明了一種班上特有的處罰方式。命令受罰者站在自己的座位前，自賞巴掌直到滿臉通紅為止；沒事坐著的其他同學，負責圍觀旁證，逐一點名哪個已經符合標準可以停手獲釋。面對這樣的難堪，我通常一站起來還沒動手就臉紅了，都是第一個被允許坐下的。這樣的一位老師，安排我在掃地時間負責教室天花板的區域，不定時拿著加長型的掃把揮一揮，很快就掃完。這樣的一位老師，也會記得在家庭聯絡簿提醒爸爸：「你不能寵壞他，不能因為他沒有媽媽就什麼都順著他。」那些因為不擅長考試而被分配到邊緣座位的同學們，自賞巴掌不夠，還必須追加伏地挺身，老師的理由是：現在就該為了將來要去工地綁鋼筋而事先鍛鍊手臂。

啊，將來要去工地綁鋼筋的同學，誰會透析你掌心裡的祕密，你會不會很想握起拳頭揍人呢？當我覺得自己力氣缺乏的時候，輕輕一句話就可以擊倒我。當我覺得所有的同學都轉頭看向我，當我覺得逆向的人潮洶湧難耐。有一天我只是穿了一件參加兒童寫生比賽的紀念衣服去學校，就被那位聰明跋扈的同學指著衣服上面的四個字說：「你已經沒有歡樂童年了還穿什麼歡樂童年。」

我想起參加寫生比賽那天，我在圖畫紙上畫了天空和雲，天空是淡淡水彩藍，雲是蠟筆白，小學生畫的雲就是一朵又一朵期待蓬鬆但是線條幼稚僵硬的塊狀固體。我的白雲輪廓是用粉蠟筆描出來的，這時忽然有位大哥哥靠過來，大概是這間校園裡的大學生吧，「弟弟，我教你畫雲。」他沒有接過我的白色蠟筆，而是用他的食指，在我原本就畫好的白色輪廓上，沿著弧度輕輕摩擦，輕輕推散粉彩，讓白色的雲朵線條在天藍色的背景裡漸漸顯現出漸層的手感，讓一朵雲恢復蓬鬆舒緩的模樣，讓我很想對他說：

「媽媽的名字裡，有一個雲。」

升旗典禮的時候，我總是抬頭看天空，看雲。高積雲是天空裡的白浪滔滔，卷雲是衝浪。每次都覺得，要在這裡從一年級立正、稍息站到六年級，真是好久好久。我已經沒有歡樂童年了。那一陣子，學校正在新建校舍，空間限縮，一個年級有十個班，一個班有五十餘人，每逢升旗典禮散會，解散的隊伍返回教室，就是一陣漫長的擁擠。第一節課也還沒開始，同學們沿途說笑胡鬧拉扯。不知道為什麼，人潮裡的我總會忽然感到一陣恐慌。恍然不知所措，班上那個經常被老師鍛鍊手臂的同學，靠過來跟我說，「我幫你開路。」說完便要我搭著他的肩，跟著他。跟著他衝浪，聽他在人潮裡一邊奔跑一邊高喊：「借過借過！哇哇哇！開路開路！」喧譁的喧譁之中，起初發生些許碰撞與驚呼，沒過多久，所有的人都為我們讓開一條路。

開路開路。那些悲憫的同情，「你一定要堅強……。」那些哭得比我還老練的臉，「以後你們全家都來我們家過年好了，人多才熱鬧。」那些唾手順便的關愛與自行推測的瞭解。那些不請自來的遠親與遺傳疾病造謠不散。我在三十歲那年會生一場大病，和媽媽一樣。我已經去過最悲傷的喪禮，從今以後，從老到死，我也不必再跟你們見面道別了。那些碰撞、驚呼與哀歎，全都被擠開。

在我搭著開路同學的肩膀，雙手滑落轉而抓住他的衣襬，被拖著向前；在我時而低頭時而抬頭，覺得害羞但又忍不住笑出來的時候，媽媽，你看，這裡也有人在保護我。就算我和他都沒有歡樂童年，還是會邊哭邊笑慢慢長大。

「媽媽你今天有沒有好一點?」我想起每天晚上的長途電話制式問候。這是一句咒語,總有一天可以把媽媽召喚回來。

媽媽最後一次從醫院返家休養的時候,在客廳,笑著跟來訪的朋友們說:「算命的說我會活得比我妹妹還久,她還那麼健康,所以我的病一定會好起來!」

後來,我的中耳炎痊癒了,從此,我卻變成了一個害怕睡著的人。孤單驚慌的麻醉讓我害怕陷入沒有感覺的死亡之睡。常常會在快要睡著的那一瞬間,溺水般驚醒。

液態的氣態的疾病,疑病慮病多年以後,等到真的輪到我的時候,我已經不怕鬼了,而是清澈地感到媽媽的意志回來了。

失眠的時候,想起第一次去海邊。那個時候,如果媽媽沒有牽住我的手,我會以為我就要被海浪吸進去。海浪裡有一群鯨魚在呼吸。

媽媽提著一袋螃蟹,她告訴我,螃蟹的名字叫做「火燒公」。火燒公的烈焰,看起來像是敗壞的血液混雜新鮮的血。燃燒的血燎原,就像媽媽血液系統裡的螃蟹兇猛橫行。我們想要釋放媽媽身體裡的螃蟹,我們想要澆熄火燒公。不管海水會不會讓火燒公的鏽斑更加熾烈。不管新來者火燒公能不能和這片陌生的水域互相適應。

不會游泳的媽媽，嚮往大海。不會游泳的媽媽，養病期間曾經像是交代任務一樣，把我放進泳池裡，日復一日，我竟然就游了起來，只是還不懂得換氣的方法而已。第一次去海邊，是我和媽媽的最後旅行。分母不得為零的童年，有人幫我填補那個空空的零。零不是空，零是通往。

鯨豚目擊紀錄表

不知道夏天過後的我們會變成什麼模樣。那年夏天，每天都有電話聲響起，通報船班的消息。鯨豚活躍，大海健康。那是學生時代的異常水花。

如果有一種開朗的害羞，如果有一種內向是往內太空去探勘而奔放。

◆◆

第一天，五點二十分起床。踩腳踏車到志學車站，車來之前兩分鐘驚險到達。跑上天橋，張望平快遠遠駛來。搭火車到市區轉乘花蓮客運「105港口」路線。高三那年來考試，也是搭上這個路線去海邊。我跟口試的老師說，考前有點緊張於是就從南濱散步到花蓮港。老師笑著笑著，讓我有被加分的感覺，大概因為老師是詩人。現在我是這部車裡唯一的乘客。我要去的地方是「黑潮海洋文教基金會」賞鯨船解說營的課堂，今天是室內課。課堂講者問大家，要當解說員的請舉手，我沒有舉手。想起我在上個月的面試時，對著資深解說員說，其實我有點害怕人群。

這個夏天，長浪推動著我。也不是立志要去解說什麼給誰聽，其實是想先收拾自己，其實是，求救。出海以前，惦念的是，「研究計畫發表會」那個晚上，說什麼蘭嶼啊、海洋文學什麼的，最後確實收到的論文修改建議只有：「好好處理你的自我纏繞。」

我還能往哪裡去？帶領我們這群學員的金磊大哥，要我們準備一個功課：記錄自己未來兩個月的「歷程」。課後，去走北三棧，預計走到立霧溪口。家離海邊那麼近，走海灘應該是很平常的事。如果不是兩人結伴，就是一個人走，未曾跟一群人在海邊散步。愈走愈散，中途下雨，我和另一個學員撐開傘，廖鴻基老師說他習慣淋雨了，讓我們撐得很不好意思。他說最初去海上是一種逃避，邊講邊笑，露出一種類似害羞的表情，又迅速收起。雨停以後，我們幾個人坐在水泥斜坡上，在海邊聊著遠方的大海，看著磊哥和另外幾個人在浪裡玩水。只是旁觀他們玩，也覺得好玩。

資深解說員的經驗分享與課程，無論內容如何各自精彩，最後總會強調：要找到自己的風格。結束三天的室內課，接著便是實務課程。填寫「出海排班表」，我選擇的班次連續三天都是清晨航班，兩個八點，一個五點半。「行前解說」分組演練，我們這組挑選的元素竟然是「椅子」，活潑的組員不知不覺就表演得像是購物台。同組的我，即使人在台上也是觀眾。

在台上發呆，想起昨天一整天都關在房間寫著關於沈從文作品的期末論文。

常常歡喜孤獨伶俜的我，帶了幾個硬綠蘋果，帶了兩本書，向陽光較多無人注意的海邊走去。照習慣我實對準日出方向，沿海岸往東走。夸父追日我卻迎頭趕日，不擔心半道會渴死。我的目的正是讓不能靜止的生命，從風光中找尋那不能靜止的美。我得尋覓，得發現，得受它的影響或征服，從忘我中重新得到我，證實我。

阿麗思小姐，為了看那頂有風趣的水車，沿河行。……她也不知究竟走了有多遠，因為她手上無一個錶，就像無時間。

沿河行，無時間。從忘我中重新得到我，證實我。文章段落的引用與解析，有時就是偷渡自己的心情。其實我也不知道應該如何解鎖纏繞，老師要我把小說儘量寫長，寫長就能找到脫困的方法，要我多多走路搭車，要我去遠方；波赫士的《歧路花園》、亞倫．雷奈的《去年在馬倫巴》。熬夜寫完最後一份有學分的期末作業，標題來自沈從文：「美不能在風光中靜止」，我的夏天好像也正式開始。

大家用各自的方式喜愛大海。有人告訴我，來黑潮就是要把自己重新歸零。晚上接到電話，明天下午的船班還有空位，磊哥問我要不要出海？我說我可能沒有辦法。即使多添「可能」兩個字，也是不可能。想開始，但是開始不起來。打不開啊，大概就是這種感覺。

不知道怎麼辦的時候，我就踩腳踏車、轉平快或復興號，然後走去市區圖書館的車棚換騎另一輛一直鎖在那裡等我的腳踏車，過平交道，去一個可以看見山的戶外池游泳。

可以在泳池裡游泳，不見得就可以在海裡游泳。我首先想到的是自己的視力如果沒有眼鏡輔助該怎麼應付大海。

第一次出海。沒有看見鯨豚，卻還暈船了。坐在船長室裡呼吸著冷氣，望向窗外的海平線，只想快點結束這一趟。不時拖著疲憊的身軀到甲板上深呼吸。這一趟我負責的是航程記錄，因為沒有隨身的GPS，必須參照船長室裡的數字，進進出出，搖搖晃晃。很擔心在遊客面前嘔吐，事先還找好一個看似隱密的嘔吐處。

看見紅燈柱，近岸了。一個小孩跑到我旁邊坐下，大概是來看船長駕駛的吧。「爸爸媽媽都在外面。」他說，「我只看見尖尖的東西。」海浪嗎？飛魚或水針？再怎麼樣也不會是行蹤成謎的背鰭吧？

下船後，接到簡訊，「蘭嶼大舟晚上六點抵達北濱。」大概因為論文寫的主題是蘭嶼，我總覺得花蓮蘭嶼其實就在隔壁而已。

隔天一早到北濱公園，預期能夠再看見蘭嶼大舟，然而他們已經出航。追船的感覺總是這樣。有幾位花中的學生騎腳踏車穿越北濱，他們也正準備前往外太空或內太空的未知航道上。

我們遇見的第一群是飛旋海豚，當時我還在二樓，沒有看清楚。第二群比較多，是花紋海豚，這也是我第一次看見真實的花紋海豚。緩慢，沉重。

下午的飛旋海豚，動作很活潑。終於可以具體觀察飛旋的旋轉與翻身跳躍。錯過船頭的母子對，解說員說至少有十對，她還看見小隻的飛旋翻身彈水咚、咚、咚三下。即使是如此熱鬧野生的海面，部分遊客顯然還是更想看到鯨魚。

鯨魚也許正在海底略過我們。據說有個颱風，遠遠地掃過花蓮外海，清晨四點多，還沒有日出。距離登船準備還有一些時間，我又去了北濱，對望紅燈柱。果然，五點半的船班取消了。就在獲知這個消息的時候，十一點鐘的方向，樹叢之間，太陽出現。

時陰時晴的天氣，我在甲板望向一群瓶鼻海豚隨著長浪而來。船上有小朋友在呼叫，解說員就像在哄小孫女，也跟著呼喊起來。就要離開目擊的時候，我在船尾浪的地方，發現一隻瓶鼻全身躍出。「沒事的，我很好。」好像是在這樣說。

妹妹打電話來說，有個徵文比賽的首獎是飛日本的機票，「他們徵的是旅行文學，你幫我去寫看看啊。」寫完規定字數以後，才找到題目：「海浪他們都知道」。寫完一整篇文章，只為了在最後得到一句暗指近況的標題。他們什麼都知道，我逃不掉。

我們約好今天要去溯溪。只有我不知道，大家穿的都是涼鞋和短褲，裝備也齊全。格格不入的我卻還是被接受了。走沒幾步就是新的節奏與創造。走路真不簡單，除了走沙灘、海岸之外，溯溪又是另一種走法。當我推了一下滑落的眼鏡，在深山裡，讓我覺得有點尷尬，是一種孤獨又吵鬧的感覺。背著雙肩背包的我，沿途果然成為移動式的「寄物櫃」，借放一下喔。背包當然濕掉，筆記本與手機也浸到水裡。淺淺跳水，任瀑布沖刷，這趟好像就是專程要來掉進水裡，是一趟隨時都會滑倒的旅途。要我好好撐著啊，這個夏天。

晚上看到哥哥捐骨髓救弟弟的新聞，十一歲的哥哥回答記者：「因為他是我最愛的人。」

不知道如何拿捏情感，組員之間的交換日誌一直沒有動筆。事情做不完，因此，又接到船班不開的消息時，竟然是竊喜的心情。

逃不過的「小組行前解說演練」，我負責介紹「黑潮海洋文教基金會」以及「海底地形圖」。幾個笑場之後才開始鎮定。當我講完回到座位，有學員笑著說：「你是不是把廖老師的書全部背下來了啊！」撐起一個解說員的姿態，對著遊客「行前解說」，有時也會忘記自己其實也正處於「行前」而已。

行前是為了出發，行前再多也比不上出發一次。今天是上午十點半的船班，解說員是磊哥。遊客遲遲不來，後來也只來了一家四口，磊哥直接把鯨豚海報拿到他們面前就開始講解。主要是與其中的小孩對話。他們可能更願意聽，也可能根本沒在聽。我也喜歡對著小孩行前解說，透過小孩好像就可以跟遙遠的鯨豚溝通。

這趟遭遇五百多隻飛旋海豚，我們的船幾乎被包圍。至少經過半個小時之後我們才離開目擊。被包圍的時候，反而不太想拍照，周遭好像有更龐大的見證已經籠罩著我們。小孩吐了，媽媽幫他擦乾淨。今天出航只有一個小時左右，因為這群海豚已經太熱情，船長很快就回港。磊哥在返航的解說時，提到他從西部來到花蓮以後就不想離開。那就好像從巨岩跳進三公尺深的潭水裡。有沒有人要去溯溪？有沒有人要去跳水？

有航班的早上，照例在行前解說教室一邊整備一邊等待遊客入座，我隱約察覺到，有餘裕可以來賞鯨的遊客，多半也來自看似溫馨的家庭。需要他人攙扶的長輩也來賞鯨，不過由於是溫馨飽滿的家庭，所以附帶攙扶者。遊客是來賞鯨的，不是來參加研習。想到知識與娛樂要巧妙融合，我就笑不出來。想起解說演練時，資深解說員不時提醒我：笑容！笑容！

今天的出航也是昨天的陣容，遇見三群海豚。第一群是港口附近的好朋友飛旋，出港之後，很快就遇見牠們。小飛旋的肚子粉紅粉紅的。再來是花紋。總算比較清楚地看見牠們浮出水面，牠們的尾鰭，還有頭擊浪。遠遠的，就看見水花飛濺，磊哥說，這是今年頭一次遭遇弗氏海豚。至少一千隻的弗氏，「海水像是沸騰一樣。」弗氏飆船真的很難得。弗氏害羞，但是成群結隊的時候也可以很瘋，磊哥說，大概就像是群體可以壯膽一樣。今天看見這群弗氏海豚，我站在甲板漂蕩像是站在潮界線，輪流感受自己的各種質地。

從海洋拉回陸地，我們這一群人，站在龐然大物拔山倒海而來的岩層前面聽著講師解說，感受地質時間的史詩般流逝。我發現後方的秀姑巒溪有人在經營充氣小舟的生意，也發現有人在水裡游泳、洗頭髮。有學員先過去，和他們攀談，並且拍照。我猶豫著，也脫隊走了過去。我們蹲在溪水邊，想著各自的事情。我們從來都不曾和家人一起在溪水中游泳。

走夜路前往部落。有光的地方，已經有熱情的呼喊，是「颱風舞」！部落男子小跑步過來對我們敬酒，我站在最前面，他第一個把酒遞給我，大家的視線集中到我這邊來，我深呼吸，一口喝下。並不難喝啊。有人問我什麼感覺，我回答：「開花的感覺。」他們大概覺得我已經醉了。後來知道，那只是普通的米酒，據說因為「有汗水滴進去」，所以特別好喝。

後來我們又被邀請到家裡作客。經過聖山的時候，他們開玩笑：「這是我們部落的饅頭山，有加蛋，饅頭加蛋。」他們好快樂。

夜間開花，時間溶進夜裡，已經有人躺在草坪上。我一開始用手撐著，仰頭坐著，後來墊著背包躺下，再後來也就整個直接躺平了。睜開眼是銀河，閉眼還有銀河。

看著星空睡著。一直到早上，我才知道，附近就是秀姑巒溪的出海口。蚊子低飛。四點天亮。想起磊哥昨晚警告我們這些直接睡在草地上的人，一定會被太陽曬醒。夏天本來就該痛快曬傷不是嗎？

在走廊散步，輕聲經過幾個熟睡中的帳棚，散步到洗手台前刷牙洗臉。靜靜操場，寫滿粉筆字的溜滑梯，單槓。已經有人早起面向溪水坐在鞦韆上。

早上的活動是划竹筏。竹筏一大一小，這竹筏是黑潮在港口部落的一個計畫，停放在港口國小裡。我和之前的每一個水邊活動一樣，就是站在旁邊看。有人跟我說：「怎麼不去划？我都下去了。」有人大聲喊：「我看你一副就是很想划！」我也就把鞋襪脫掉，踩進水邊的爛泥裡，深深陷進去。水邊的泥地湊齊了我們的腳印。

清晨有漁民通報發現弗氏海豚，然而他們應該早已北上。後來我們遇見一群年紀頗大的花紋，其中也有正在睡覺的，隨船的王伯說：「那隻老公公在睡覺。」也遇見少量的飛旋，這是第一次遇見數量這麼少的飛旋。

下午一點，意外可以再出海一次。解說員是磊哥。搭乘的是小多（小型的多羅滿號賞鯨船），遊客全都集中在二樓，我於是避走一樓的船頭。試圖自己找出遠方的異常水花或背鰭。今天的海很平穩，這樣的質感是「果凍海」。

這一趟出海，總共遇見三次花紋。今天的花紋都有睡覺的情況，優雅緩慢，但也有頭擊浪、側身擊浪、尾擊浪，以及長長的下潛。一次熱帶斑，在船下，游動迅速，嘴喙的白色非常明顯。在回港口的時候，遇見好朋友飛旋。一共五次。岸上檢討的時候，磊哥說，這樣的機會不多，如果五次又剛好有五種海豚，那就更難得了。

到北濱公園看海看人。接著準備到解說教室聽第一批上場的行前解說個人鑑定。期間收到一封長長的簡訊。大意是說，暑假家族旅遊搭船渡海，家人親戚都吐了，家族一起嘔吐又無法互相照顧，真是恐怖。簡略看過一遍，就再也沒有讀第二次的機會。

掉進海裡的東西，是要不回來的。手機掉落是通話掉落，手錶掉落是時間掉落。我的手機沒有落海，歷年簡訊卻因為人為疏失而全數遺失，只好當做全部落海，可能有些還會浮上來？就是要藉由失去才可以感受到曾經存在。

個人行前鑑定。我像是寫作文一樣說花紋海豚的噴氣聲可以讓時間靜止。早上八點的船班。沿著海邊前往解說教室的路上，幾乎沒有遇到紅燈。今天的解說員還是穿著一身白衫白褲。

七點多的時候，漁民通報，有抹香鯨。王伯說，牠們的速度比虎鯨慢，現在應該還有機會可以遇見。賞鯨船三樓已經開始騷動。遇見花紋海豚的時候，解說員大聲告訴我：「是你的花紋！」海面先有灰白的身影，然後就是花紋浮出。

來不及好好歡送花紋，不遠處，已經可以清楚看見傾斜的噴氣。向左傾斜四十五度的噴氣。

我失控地想，該不會以後什麼都遇不到了吧？

似乎是因為今天的黑潮較靠岸，將抹香鯨群推向岸，讓我們相遇。前幾天準備行前鑑定的時候，還在翻閱《家離水邊那麼近》，看著書頁裡的手繪抹香鯨。實體登場的時候，距離不到十公尺。震撼，還有一點被教訓、被吞進去的感覺。

有母子對，小寶寶和媽媽一起游過這裡的海，游過我們的船邊。王伯說我們遇見的這個群體將近五十隻，更外海的地方，還有更大的雄鯨在保護牠們。

經驗老道的王伯也很興奮，大聲喊著要我們趕緊拍照，「這是珍貴的一刻！」白衫解說員說這不是她第一次看見抹香鯨，卻是第一次看見母子對，她還提到了台南四草的抹香鯨母子標本。返航的時候，大家都處在興奮未歇的疲憊裡，這趟返航特別平靜，是被抹香鯨壓過的痕跡啊。填寫目擊紀錄的時候，同行的學員甚至表示已經忘了今天有遇過花紋。

遇見巨大生物的時候，只想退後，或者更靠近。今天是「抹香鯨日」，我們在碼頭前面的虎鯨雕像底下拍了一張紀念照。

最喜歡的清晨五點半的船班。在北濱，我把海看成白色的。

今天的飛旋也有母子對，另一側的群體也有目擊到交配。熱鬧滾滾的熱帶斑倒是不太搭理我們。接著竟然，又是抹香鯨。一隻，又一隻，然後是母子對。我捕捉到牠們浮窺的動作，以及緩慢向後。

你們是刻意殿後，還是落單落後你們的隊伍？清晨睡夢好像還沒醒來的樣子。

我想起昨晚的露天講座結束、收拾椅子時，有位資深解說員走過來拍了我的肩膀，鼓勵我：「再放開一點！」他說，我讓他想起他剛開始擔任解說員的樣子。

七月的最後一天，解說教室來了一個小男孩，好像對鯨豚有一些瞭解，有幾位學員靠過去問他昨天出海看見什麼海豚啊？後來，我才知道，他是這趟航班的解說員的兒子。

解說教室的《黑潮尋鯨記》播放到虎鯨的畫面時，解說員對著兒子說：「看，那是爸爸和媽媽。」在船上，兒子因為已經看過飛旋和花紋，想看新的海豚，他也很有耐心地說：「爸爸再找，好不好？」

我還沒找到。不過，以後我總是會記得，二〇〇七年的七月，沒有颱風經過花蓮。這個新的夏天，每天都可以去海邊，在海上尋找異常水花與背鰭，結果總是聽見，而非自己發現。「船頭那裡！十一點鐘方向！」

◆◆

八月的第一個航班，還沒走進解說教室，就被人攔截詢問晚上要不要一起去磯崎聽演唱，我說我等一下要行前鑑定，很緊張，就先下樓了。

這一趟，是第十三次出海。潮流很亂，只遇見零散的熱帶斑。牠們的方向換來換去，游速極快。解說員形容這是一群「猴死囝仔」。充滿爆發力的熱帶斑，有人說好像在船上看賽馬。漫長的等待與搜索，解說員都不說話。忘記帶望遠鏡的他，頻頻拿起相機觀望遠方。今天搭乘的是小多，王伯不在船上，我下樓去找船長詢問前方船隻附近的狀況時，被他搖手說：「不要吵。」

上岸以後才慢慢解除整趟航程的緊繃。解說員提醒我，可以再調整一下行前解說的內容順序，不要每個學員講起來都一模一樣。一邊聽他說話，我想起昨晚的學員日誌分享會，這位解說員就有提及他不太喜歡在人群面前說話，甚至表示，海上解說可以躲在三樓，這樣就可以不必直接面對遊客。我想像，解說員也可以是現場直播的深夜廣播節目主持人啊。

任務告一段落，於是約好去海邊。啃完飯糰就機車上路直奔台十一線。再次經過海洋公園的假期煙火。天色漸暗，才發現這條長路有一大段路燈死滅。山崩海嘯式的黑暗，好像我正在誤闖某個多層關卡的禁區，機車騎在如此開發手段的道路之上終究會被誰懲罰，不害怕不行，這種時候不唱歌不行。想著遠方有一群人正在等我會合。

今晚七點五十分漲潮。觀眾不多，一開始我們都圍坐在海灘上，後來才慢慢移動到舞台周圍隨著音樂擺動。在這裡遇見五點半抹香鯨航次的遊客，顯然大家都聽命深海訊號沿海行動。

又有幾位學員偕同解說員開車過來，解說員向我們介紹人群之中的阿斗伯，我立刻想起昨晚睡前還在翻閱的《台灣島巡禮》，他就是開船的那位船長。阿斗伯說，很希望再遶島一次，大家聽了都跟著漲潮的海浪興奮起來，遙想那天勢必要參加。

胡德夫準備出場的時候，降下大雨。海邊的雷雨聽起來是兩棲的野獸示威。大家都躲在主辦單位準備的棚子下。暴雨不願休息，胡德夫索性就直接開唱，響應他的人，淋雨到他身邊。工作人員幫他的鋼琴撐起兩把大傘，讓他在夜空與海浪的包圍之中唱起〈美麗島〉，各種聲響勢均力敵。

只有我是騎機車來的，大家討論起回程的安全。有人提供海灘上撿來的螢光棒四枝，開玩笑說可以送我綁在機車上。後來決定，機車跟著汽車後面，一起回去。台十一線上，常常都有我們結伴同行的隊伍。

隔天的出海，我問同船的其中一位學員，這個暑假還有什麼瘋狂計畫？她是我們之中最年輕的學員，難得來花蓮度過整個夏天，經常約大家出遊，去海邊，去看日出。有些地方其實我也還沒去過。她說她還想要騎腳踏車遊台十一線，慢慢去感受路面坡度的起伏。

這個夏天，我也在密切留意自己的起伏。晚上的講座，竟然第一個到場，磊哥已經在準備投影設備，這場的演講人是他自己。他笑說，是不是因為演講主題關於鯨豚解剖，導致大家都不敢來？我看著布幕呈現一張又一張的解剖照片，這個夏天以來，反覆練習對外解說，其實也是解剖自己，「你什麼時候要海上鑑定？」原來我的出海次數可能是目前累計最多的，「但是這個好像跟次數無關。」我說完，磊哥也笑了。可能我的匱乏就是需要比別人還多的次數來填補。於是我們就繼續看著解剖照片。

反覆練習對外解說。資料輸出，說話表演。解說教室已經來了將近十位遊客，晃來晃去的我還沒卸下背包，可以輕易偽裝成遊客。直到其他學員來到，直到幾位資深解說員來到，我都還沒解鎖，都還沒清醒，今天同船的解說員就過來要我和另一位學員猜拳，其中一人必須負責今天的行前解說。

上船以後，我才發現，「飛旋的一天」小組成員也來到船上。再加上王伯，今天的大多（大型的多羅滿號賞鯨船）三樓很熱鬧。途經「奇萊鼻」附近，那就像是教過好幾遍的必考題果然出現在考卷裡，解說員又把麥克風遞出來，沒有人接。解說員只好把麥克風收回，他應該也很想收回那句他曾說過的，我像他剛成為解說員時的樣子。

隔天早上八點的船班，當我把解說教室的燈光與空調準備妥當，蹲在櫥櫃前，填寫今日潮汐的時候，話不多的解說員走過來跟我說，因為臨時多了一些散客，客滿了，所以學員無法上船。今天的遊客主要是阿公阿嬤，行前解說於是雙語交替使用。我們還一度以為遊客多到可以加開小多。出海可以看見海豚是好運，如今則是，可以登船就是好運。

今年第一個確定侵台的颱風名叫「帕布」，是輕颱。海上颱風警報在深夜十一時發布。清晨六點，在昏睡中接到磊哥傳來的簡訊，說是因為颱風的緣故，所有的船班都停開。我繼續睡到中午，下午重讀《討海人》，途中接到磊哥的電話，明天中午，林總要請學員吃飯，要我幫忙詢問某幾位學員還有我自己的意願，再回傳簡訊給他。據說入夜到明天中午的風雨最強，目前花蓮一切安好。颱風總是能替我延期或取消，那就交給颱風去決定。

決定一起坐進團圓桌吃飯，我的杯子很早就空了，敬酒敬到後來都是舉空杯。據說一旦成為正式解說員，就會有一個灌酒的儀式。

晚上我們一群人到花蓮車站附近的超市採買糧食，為了迎接今晚的颱風與明天的颱風假。我不知道還能買什麼，但是很喜歡這樣的儲備氣氛，一點點的安全，伴隨遙遠的威脅。最後只買了一條牙膏。

有人開車，有人騎機車，沒有自備交通工具的我，搭乘其中一輛便車順路回去。途中我們聊到，來到花蓮就不想離開了，聊到旅行，她說：「要先有家，才能旅行。」她在煩惱一旦年底結束工作以後，會付不出房租。但我們知道家的意思不只是房子。我們還說，旅行是為了回家。這趟短短的回程也是一趟輕便旅行。這位駕駛在路上躲避來車時的提前急煞，那種停頓，那種好笑的感覺，並不會讓乘客覺得危險。即將駛進東華大橋的時候，她悠緩預告：「我會闖紅燈喔，」但是忽然就綠燈了。跟這種人在一起的時候，不會覺得危險。跟黑潮的人在一起的時候，就是這種感覺。

這裡多地震也多颱風，我們曾經整個七月都沒有颱風，也曾經颱風來來去去我們互相掩護。

和帕布接連而來的雙胞颱梧提解體了，早上十一點就取消警報。今天是多出來的颱風假。傍晚去填船班之前，先去了一趟木心書屋。這是一間有詩集專櫃的書店，也有電影。店員遞水給我，但我後來只還給他一個空杯。決定下次再來專心補買一本書。

填船班的時候，確認自己明天下午三點半有船，同船的解說員過來提前預告，也像是警告，這次不用和誰猜拳，直接由我負責明天的行前解說，上船還要講解海上的景點兩個。「明天就交給你了！」慶幸他還願意這樣對我說。

大海會幫我吧！

北濱看海儀式做完以後，就往解說教室而去。正要過馬路，就接到磊哥的電話，我告訴他：「我已經在你對面了，」他告訴我，遊客滿了，學員上不去。我一度覺得逃過一劫，慢慢散步過馬路，但終究還是沒有逃過。昨天的聲音傳來：「你今天還是要做行前。」不必特地再拍我肩膀，畢竟早就說好了。

遊客紛紛來到，今天的小朋友很多，算一算有六個。尚有遲到的客人，所以並不急著開始，任憑《黑潮尋鯨記》播放著。今天的行前需要注意什麼？今天就是要讓遊客對風浪狀況放心，解說的重點應該擺在預防暈船。大約十分鐘的放鬆療程，時間一到，就要開始講解救生衣、準備前往碼頭。所以我決定跳過那些鯨豚知識，現在我們就一起放輕鬆。

剛好有一個海豚小木雕和塑膠小魚可以當作道具。小朋友，魚類和鯨豚的尾鰭有什麼不同？你看，在船上你可以學海豚尾鰭擺動的方式，想像你的膝蓋就是尾鰭，跟船一起上下起伏，就比較不會暈了。「真的嗎？」

我也想問，真的嗎？學員們竟然還是登船了。今天的船向南開，也一度向東開，解說員照例把麥克風遞給我們，沒有人接，看來我們準備的地景素材幾乎都是北邊的。

後來有學員接下第一棒。我還記得上次行前結束的後遺症是胃痛，這次上船半個小時以後，竟然又開始暈船。遇見飛旋海豚也無心觀看，不過還是盡力填寫紀錄表格。接下第二棒的學員說今天的風浪很大，但是她很喜歡這種上下起伏的感覺，我認為正在暈船的遊客實在難以承受這樣的喜悅。我也清楚想起，剛才在解說教室，還在教大家如何克服暈船。再沒有人逼我接下麥克風，暈船名正言順，卻不是心安理得。

回到岸上，不時仍有波浪餘震。紀錄表格討論完畢以後，海上的事就留在海上。解說員這次只有預告明天五點半的船班是清水斷崖的生態航次。難道我們明天又同船了？

風浪依然大，甚至比昨天還要猛烈。昨天的解說員特地轉告今天的解說員，我昨天在船上都沒有講話，這趟必須補說。

離開解說教室，我們搭進那輛危險又安全的車到碼頭，開車的人一路哼唱：「長長的路的盡頭是一片滿是星星的夜空，」因為是清水斷崖，今天有隨船拍攝。因為天氣惡劣，船隻決定提前返航。我們甚至連清水斷崖都還沒接近，甚至連一隻海豚都沒遇到。相視無言，無話可說。

不能出海的日子，我們就在陸地進行「海上解說小組演練」，我負責的其中一項是「潮界線」。我也是海，我也有潮界線。

大海寬敞但不是平鋪直述。我們眼前的海面是由許多水塊構成，不同的水塊，有各自的密度、鹽度，性質相異的潮水互相推擠、衝撞，形成「潮界線」，彎彎曲曲才會有各種可能。這裡魚多，可能有大魚，當然故事也多。野溪的轉彎處，河水奔向出海口，流轉，變動，山裡來，海裡去。整個夏天我都在目擊自己的互相推擠與衝撞，害羞又熱情，內向又奔放。

磊哥問我：「你要不要考慮五點半的航次就由你來解說？」如果是廣播節目分配時段，我也覺得這種清晨似黃昏的曖暱時段比較適合我。

除了已經安排好的解說課程與船班，我們幾個學員決定額外參與一個關於蘇花高議題的工作坊。今晚的海上演練結束以後，一群人圍在門外的木桌討論讀書會的事情，負責黑潮企劃編輯的工作人員也來了，除了提及想要製作這屆學員的交換日誌，她還邀我參與一個環境教育推廣的計畫，把廖老師的〈鬼頭刀〉改寫成兒童繪本的文字。接著又續攤到廟口去。

潮來潮往，回程又搭進同一輛車，像是置身遊樂場，順路去拿「黑潮讀書會」要討論的《南方澳海洋紀事》。低矮的老屋，館藏豐富。因為喜歡招待客人，所以家裡很多杯盤碗筷。吃完花生什麼的，就直接往院子裡丟，丟著丟著，竟然也沒有累積什麼垃圾，她說，「這個院子有生命，會慢慢把東西吞掉。」我們看著屋外的楊桃樹像是守護神，肆意的雜草叢生，頭頂瘋狂安詳的星空。

天亮以後，遠方的海上傳來消息，說有斜斜的噴氣。難得今天有船班，下午三點半。一直期待再有抹香鯨現身，結果被浪花潑了一身濕，遇到的是飛旋。不要再過度期待了，飛旋就是大海生命的驚喜了。

不穩定的天氣讓課程與船班斷斷續續。幾天前的小組集體演練之後，今晚是海上解說個人演練。在解說教室裡，對著自己準備的投影照片，假裝出海。我選擇背對大家，像是坐在船頭或是賞鯨船的三樓，面向大海，背對遊客，低頭看小抄也像是在沉思。解說課快結束的時候，磊哥突然蹲在我旁邊，笑容滿面，這次不是試探的提問，而是直接邀我試試看，擔任明天的解說員。弗氏海豚又集體出遊了嗎？

機車穿越夜的東華大橋，覺得自己正在通過奇妙的航道。

早上八點的船班，看了報關單，得知今天只有十四個遊客。磊哥只是稍微交代，可以告知遊客防暈船、吃暈船藥的事，「解說員是你。」他強調，每個解說員都該掌握各自的方法。

陸上可以行舟，陸上也能暈船。拿著報關單，我感到一陣茫然，心魂還有一部分逗留在剛才的解說教室裡，沒有跟上。我們且必須搶在氣象局八點半發布海上警報之前登船出海。這時的時間是八點零五分。

跟海巡互動的時候，其中一位問我：「你是正職的嗎？還是暑假打工？」磊哥出面護航，讓我唸出抽點到的遊客姓名。唸著唸著，負責「飛旋的一天」觀察小組的解說員經過我身邊的時候，不忘補上一句：「大聲一點。」我還想起她曾對我說過的：「笑容！笑容！」

今天的遊客有一位民國十四年出生的老婆婆，她和丈夫、女兒一起來賞鯨，女兒說之前有去蘭嶼玩，這次出海想看飛魚。不是鯨魚喔，是海面滑翔的飛魚。我協助他們把救生衣穿好。船隻啟航不久，磊哥就把麥克風交給我。轉過紅燈塔不久，他就趕緊過來問我，是不是說不下去了？

出海十五分鐘就遇見好朋友飛旋海豚，之後，麥克風就一直留在磊哥手上。飛旋之後，是花紋混群弗氏。說到「海水沸騰」，就知道是弗氏。緩慢的花紋和激動的弗氏相處融洽，看似接近卻也保持一種相安無事的距離。船頭遊客很興奮，我也沿著他們的興奮滑翔而去。

回程的時候，磊哥跟遊客分享「人鯨關係」。此時的我，藉由鯨豚所引發的，僅是個人的抒情，事實上，弗氏沒有害羞不害羞的問題，花紋就算游速不快但也不是因為憂愁沉悶。

上岸討論紀錄表格的時候，氣氛有些凝重，當時也在船上的磊哥女友特地喚我到門外的木桌，密談今天的表現。「本來好好的，後來怎麼了？」後來，我就舉尾下潛了。我都準備好了，其實我都準備好了。在緊要關頭，特別是需要公開演講說話的時刻，因為不安或是退縮而把旁人累積的期待全部搞砸，似乎就是我的人生標準公式。

我想破解這個公式。我故意把自己推進這個必須天天對內緊張、天天對外表演的場合，其實是來求救。面試那天，初步互相瞭解之後，我就直言自己不擅長在眾人面前說話。「那你來這裡做什麼？」你們都笑了，而且充滿困惑。不活潑，不外向，不熱愛人群，結果你們竟然願意陪我度過這個多疑的夏天。

雙眼強颱「聖帕」預計凌晨登陸。船班取消，今晚的講座也因此延期。最大風速可能達到十七級。風雨在外，我在房間整理「區域文學教材」的稿件，一字一字慢速輸入夏曼·藍波安的〈樹靈與耆老〉，像在唸誦禱辭。傍晚到頂樓散步，水泥寂寥。我們一定都開始懷念花蓮港外面的海了。好久沒有去游泳了。

改寫〈鬼頭刀〉，一整天也沒有寫完。電話通知，明、後兩天的船班都是取消狀態。晚上十一點接到電話，父親說他可能要動「扁桃腺摘除」的手術。父親說，最近他常常收看一個關於「用意志力抵抗病痛」的心靈節目。

隔天不只隔了一天。今天是表定最後一堂解說課，還是沒有全員到齊。有人提供甜甜圈，有人分送自製的麵包和乳酪。我一個人離開，卻想去人多的地方，所以，像上次一樣，轉進南濱夜市。零散的煙火，隨性的攤販。沒有走到海邊就回頭。另外赴約去學校外環道散步聊天，撐不到日出，清晨四點回到房間，沒有返航的感覺。

沒有船班可以出海。這天我們在基金會集合，正式展開「蘇花高手工作坊」的資料搜集，分組製作「台十一線海岸故事地圖」。

赴新社訪談。台十一線的馬路愈走愈寬，彎進部落，愈走愈窄。盡頭只容得下正在編織香蕉絲的阿嬤孤身專注。

「在我五十多歲開路的啊，現在都八十幾歲了。年輕時，都在海邊用網子抓虱目魚的魚苗，但是我不會游泳喔。路以前都是田。到豐濱的路比較寬，差不多現在的一半。以前都走路到豐濱讀書。」

我們看著阿嬤編織香蕉絲，光是看也學不來。一個思考，就是一個死結。在這個海風搖籃般的小草地，低頭專心的阿嬤知不知道遠方的天空有人正在爭執開路的議題？

「你們年輕人有讀書，可不可以告訴我，海浪為什麼會這樣一直來？」我們準備離開前，收到這樣的問題，「阿嬤到現在還是不明白，為什麼海浪會動？」

為什麼海浪會動。室友在凌晨離開花蓮，搬去台北。三年來的物品互相堆積，沒有全部帶走。我在下午決定去走米棧古道，不確定位置，整個夏天培養的直覺讓我覺得一定會找到。行進的過程中，遇見正要下山的除草工人，「這麼晚了，一個人？」他問。我點頭。身心飽滿疲憊，上坡的每一步是確認，聽見花蓮溪的水流是質疑，沿途竹葉搖晃的清涼是要我放心。步道的扶手長出新的樹葉。兩次遇見岔路，我都選擇左轉。一直想著就快看見海，就快看見。「我在日曆上面畫下星星，」低聲哼著歌，終於在山頂靠樹看海。烏雲飄過來，像是要來保護我。如果可以一直躺在這裡，如果可以。

我從山的這一邊，扛著未知的麻袋，打算前往海的那一邊。從米棧村往月眉村的路上，沿途發現「孝橋」、「仁橋」，沒想到接下來竟然是「忠橋」。

父親在電話裡告訴我，他不只是扁桃腺的問題，其實是喉嚨長了一個腫塊。已經去做切片檢查，報告將在後天揭曉。父親這樣說的時候，我也覺得自己的喉嚨脹了起來。

我們起先是約好要去七星潭看月全蝕，有人提議不如搭藍皮平快到崇德車站的海邊。天黑以後，幾個離不開的學員，決定在此過夜。我們把候車室當成自己的家，聊天、坐臥。當晚的值班人員滔滔不絕，好像這裡的生意從來沒有這麼好。當他向我們介紹車站周邊各項設施的時候，好像是在介紹父親，也好像是，正在山的另一邊的火車站輪值夜班的父親正在向我們介紹。

父親應該是鋼鐵的，唐榮製造。車票應該還是硬的，淺藍淺綠的厚紙片。普通車駛進月台的時候，總有小孩被大人舉起，經由打開的窗戶，放進綠皮空位裡，搶在還來不及上車的乘客之前，率先替全家占位。假期的火車沒有放假，火車應該說幾點就是幾點。

深夜有時也是深海。有學員開車送來宵夜與睡袋，我們拾級而上，在泛著紅光的蘇花公路崇德起點迎接。我們舉著火把走向海邊，升起小營火，夏天也是需要溫暖的。重回岸上以後，站務人員讓我們在一堆高聳的道渣上過夜。

我還相信海邊的流星，我還相信海上的日出。

我們到廟口吃早餐，餐後有學員去廟裡求籤，今天我也跟著去。回到房間已經接近中午，什麼事情都是昨天的事，就連明天也將是昨天。撥打父親的電話直接轉進語音信箱。一直到父親終於來電，告訴我，沒事，是良性的；但還是必須以雷射切除這一切麻煩。飛旋各式擊浪，濺起水花，大肥仔弗式努力製造更激烈的水花，瓶鼻飆船，熱帶斑母子對也趕來湊熱鬧，準備離開的花紋一直沒有離開，半邊睡覺半邊清醒。我睡了一個充實的午覺，醒來以後才是今天。

今天晚上是期待已久的演講。講者休假一年後，剛從北歐背著六十公升的背包回到花蓮，準備在夏天以後重返學校教書。背包帳篷，單車公車，徒步亂逛，一邊撿寶特瓶一邊尋找寶特瓶回收機，隨時跳進免費的路面電車，「在北歐，火車站本來就是讓那些暫時找不到地方睡覺的人可以睡覺的地方。」我好像也再次確認自己的明天。年輕的路上都該遇見一個澤木耕太郎。

明天我們約好去跳海。這是第一次穿短褲和夾腳拖鞋前往碼頭，像是從來不曾出海。我們在船上領到自己的「結業證書」，用麥克風大聲喊出自己的願望與感謝。這裡就是解說營課程行事曆最後一天標誌的地點：偉大的航道。

有人說她來到黑潮之後，從學校規定要穿的高跟鞋、帆布鞋、踏水鞋、一路演化或退化到夾腳拖鞋；能不穿鞋就儘量不穿鞋，這樣的夏天，直接躺在海邊路邊也可以。有人說她離職後，其實最想開咖啡館，這個夏天過後，就先去海洋公園當「臥底」吧。有人朗讀剛寫好的抒情散文，一直強調文章內容太噁心，但其實，寫情書給大海，我們現在都還不想克制自己的情緒，還想再任其澎湃。稍微嗆到也好，手機手錶都掉進海裡也好。

磊哥說，就算學員最後沒有成為解說員，找到自己適合的位置更重要；面試的時候，眼前的這個人最後會不會成為賞鯨船的解說員，不是絕對的考量要點。黑潮的夏天是起點，甚至是，某個賭注。「出海過後，你才會知道。」

正要面海跳下，沿著白衫解說員的指示看過去，不遠的遠方有喙鯨隨即下潛。這次出海沒有GPS，也不必攜帶「鯨豚目擊紀錄表」。今天不穿救生衣，跳海就是救生。我們想像自己正往海豚那裡跳去。

地圖作業

今天的作業是畫地圖。老師說，
要畫出你家附近的地理與建築，
地圖必須有顏色，還要練習使用圓規和尺。
門口的腳踏車道要畫嗎？還有那些剛種好的花？
馬路通往我們家的大門，上面寫著「歡迎光臨」，
白色的布條被雨淋濕，上面寫著「舊地居住」還是「就地居住」？
我們自己蓋房子，我們用竹片搭起部落的大門。
很久以前，我們也蓋了中正紀念堂的大門，
台北大橋，碧潭橋，我們幫你們過河。

我把廣場畫很大，因為這裡是籃球場，也是休息的地方，
這裡是跳舞的廣場，母語歌廣場。
廣場外面是河流，我畫河流，不知道要畫多長。
他堅持他聽見水聲，那時我們還不相信，
即使離開原來的家，也要找一條河流安心，
那時我們相信，我們可以在城市找到山林不能給我們的。
對岸有比樹還高的樓房，圍著大漁網的高爾夫球場，晚上都會
天亮；旁邊的工廠愈晚愈像機器人，晚上都會
震動。我畫樹，爸爸說過這是火災沒有燒掉的。我補畫一些火。
我們把麵包樹種子種進新土地，我們開墾可以種菜的地，
在溪之洲，我們知道大水不會暴力過來。
沒住過的你不要講話。不會捕魚就不要叫我們禁止捕魚。
我重畫好幾次河，後來都沒有用尺。
「你住在我家對岸，怎麼沒有畫我家？」
「那裡都是草。我光是畫我的運動公園就畫到快睡著。」
再也沒有第二條河流，
我們不要搬進公寓樓房，不要那些重複的圖騰。
你說我們不適合留；

我說我們的河流快要不是河流。
救地居住！
我們終究還是河流的。

中秋節快樂

部落小孩的缺口：我抓到甲蟲的時候甲蟲飛走了

每天早上都有音樂吵醒我。我會繼續睡到外面阿兵哥唱歌的時候才開始起床。他們喊來喊去，靴子和靴子撞來撞去，比音樂還吵。VuVu在走廊一邊洗衣服一邊喊我，不趕快起床就吃不到早餐，不趕快起床交通車又要跑掉。我邊睡邊起床，搭不到交通車就不用去上學，不去上學也沒有關係，我們現在是寄讀生，回到自己的學校以後再開始讀書還來得及。操場的甲蟲也不會飛走。我不喜歡現在借住的家，現在的家就像教室一樣，大家都把盆栽排在走廊假裝是森林。走廊有很多木頭椅子和木雕，大家都喜歡坐在走廊講話，大家都把山上搬下來的東西掛在牆上。但是這裡沒有瀑布，沒有鞦韆，也沒有可以玩「鬼抓人」的霧。我很想念我們的廣場。我的甲蟲都在山上沒有帶下來。

我睡的床不是船，但是很會晃。VuVu說阿兵哥也是睡這種有屋頂的床。床的屋頂堆滿我們逃跑時會帶的東西，有我最喜歡的泡麵，把它們放在屋頂就不會被水淹。牆壁上的風扇一直修不好，半夜常常被熱醒，我看見 VuVu 睡著像很晚很晚的山一樣呼吸很慢，我想起鄉土課的老師說石板屋是我們的文化，我好想念以前睡在石板屋的時候，很涼很舒服。

「阿兵哥那邊有戰車開出來嘍。」

「那個是甲車啦。」

這裡的廣場是阿兵哥的停車場，我們不能靠近。有一個阿兵哥告訴過我，他們開的那種車叫「甲車」。「一年甲班的甲」、「甲上的甲」，是很厲害的車。我想到的是甲蟲的甲，很硬很亮的盔甲。我也好想坐一次甲車，可以直接開回山上就更好了。

「再不起床，晚上就去外面跟樹講話喔你！」

「晚上要去練習跳舞啦，明天就要表演了。」

餐盤裡又是水煮的雞蛋，爛爛的青菜和兩個饅頭所以我假裝沒有看見。

「妳不是說豐年祭以後就可以回去了嗎？以後到底是什麼時候？」

「山又壞掉了呀。」VuVu 的聲音像是半夜的雨水從牆壁流下來。

「他們什麼時候才會把山全部修好？」

「山壞掉就只能等山自己好起來嘍。」

以前 VuVu 總是說，阿兵哥他們會去修理我們的山，修理那些壞掉的路。山破皮了，山骨折了。我想起我們山上的那個「缺口」，我們的山會不會有愈來愈多破掉的缺口？

以前，爸爸帶我一起走路回部落，我們會在缺口休息，從缺口可以看見我們的家。爸爸對著缺口唱起母語的歌，也教我唱：「我是你們全部的孩子，再一棵樹，我們就快到家，再一棵樹，我們就回到家。」爸爸把一顆檳榔放在樹下，我們就繼續走，走不是路的路，扶著樹，爸爸回過頭來問我，有沒有不快樂的事情想要忘記？他說，放一顆檳榔在缺口，就是把不快樂留在這裡。

「我也是樹的孩子嗎？」

「你是樹的孩子。」

「我也是溪谷的孩子嗎？」

「你是溪谷的孩子。」

我把跳舞要穿的傳統服放進書包裡。

「又要下雨嘍。」VuVu每次說下雨就一定會下雨。

美工兵的美工刀：浪費流水時光，浪費淹水森林

與其讓我繼續在沒有窗戶的軍械室清點機槍或步槍，我其實並不反對被調來這裡協助政戰作業，清點珍珠板和影印紙。這兩項工作的差別大概在於：一邊面對的是武器，另一邊是面對屍體，樹的屍體。

那些戰備演訓，我們扛著老舊的鋼鐵，不知道能對付誰；我們的汗水與抱怨是集體洩洪，有一天也會讓這批武器生鏽流淚。

如今，奉命執行的任務就是將屍體賦予生命，讓這些紙張回魂。我的學長交給我一把三十度的美工刀以後就退伍，真是鋒利又乾脆。握在手中的，就是軍旅生涯唯一的武器。

基於保防原則，大學時代用慣的軟體不能帶進來灌。前輩總是吩咐：「先求有，再求好。」長官要的就是最坦率的效果。不能抽象，不能使用黑色，不能留白。有侷限才有自由，我喜歡在壓抑之中偷渡的快樂。

燈火管制以後，在〈晚安曲〉襯樂之下按開工作檯燈，有一種淒涼的音效，我和辦公室裡的弟兄繼續趕工。窗外只有各營舍的安官桌的燈光，以及即將出動的查哨官的手電筒鬼火。空曠的集合場停駐各式車輛，回來是為了下次的出發。剛掃過的颱風把司令台附近的黑板樹颳成搖搖欲墜的危樓，拉起封鎖線，暫時不必全副武裝列隊五查，大家都省事。集合場上的我們全部都是黑板樹，質地雖然鬆軟，基本教練的時候倒也都還可以威武挺拔；栽種容易，十一個月就可以變身老兵。

我把窗戶關上。窗外的天空已經憋了一整天，在這個落雷地區，天空想落下什麼就落下什麼。新聞不是說打雷也會打進室內的嗎？

「唉，你覺得這禮拜可以放假嗎？」我重回工作桌，一邊懶懶地問。

「你去問颱風，颱風快來了。」他埋首幫我進行手工割字。

「你趕快把你的新聞稿寫好，『超前部署，預置兵力』什麼的，我都會背了。」

「啊，我又割壞一個字了。」

「等你練好你就退伍了。」

明早就是「秋節軍民聯歡晚會」的最後預檢。活動正式開始之前，總是不斷地預檢、預檢、預檢。春節，端節，秋節，集滿三枚動章我也差不多可以退伍了。在這之前，我們只能繼續割字，美工刀劃過紅色珍珠板，依序切割出各式標語口號：「軍愛民，民敬軍」、「軍民一家親，攜手建家園」……這些，那些，比民事官的肚子還大的立體字。要不是上午的海報老是被科長退回，要不是下午以生產線的方式不停追加原住民圖騰與裝飾……，一個階級一個新意見，一個口令一個假動作，「我們都被百步蛇擺布啦。」傍晚用餐時，我們在營區圍牆黏貼一張又一張原住民紙人，嘴巴開開，眼睛空空，「你確定長官的車子經過時會看見這些嗎？活動晚上才開始，貼給誰看？」話雖如此，這些都是我一筆一刀的手工複製品，「就跟上次的『豐年祭聯歡會』一樣啊，準備這些東西只是為了寫稿拍照，至少我會幫你拍下它們。」

我偽裝潛進荒廢的森林，在樹木的墳場進行單兵戰鬥。這讓我想起每逢保防水銷日，我們將一批又一批過期的軍聞報與月刊裝箱密封，簡直就是送葬的隊伍，「你寫的這些歌功頌德真的有人在讀嗎？」汗水滴進紙堆裡。「我寫了什麼不重要，重要的是沒寫的。這些紙都白白犧牲了，真是抱歉。」真是抱歉，我還是比較喜歡拿美工刀而無法提槍奔馳戰場，但事實上我還是在屍體的周圍翻滾打轉。

辦公室的地板散落各式紙張的殘骸。今晚的工作總算告一段落，摸黑盥洗、離開浴室以後，我們都聽見雨聲像是慎重的警告，一瞬之間，我看見那群圍牆外的迎賓紙人，他們有的雙手舉高高，有的捧著陶罐、握著小米，一律都是嘴巴開開、眼睛空空，這時他們應該集體流下了黑色的墨水，沾濕了自己的身體，可能還失去黏性因而彎腰鞠躬，欲言又止。

抗議民眾的白布條：我們的新聞一點也不新

聽說有院長級的人物要從台北下來參加我們的晚會。晚會結束以後還要在營區裡睡覺，體驗我們災民的生活。我特地不加班，趕回來看看院長準備如何吃飯睡覺。

大家已經把環境打掃乾淨，現在應該都去禮堂看表演了。本來以為長官要去部落體驗，現在颱風下雨是最適合的啊，山上才有生活，這樣才是電視說的「苦民所苦」啊，給他淋雨，給他漏水，給他去跟土石流游泳，給他去「聞聲救苦」。我沒有讀書，我以為「聞聲救苦」就是長官聽見災民的聲音覺得苦惱所以「聞聲就苦」。

我已經聽見禮堂裡面的唱歌，是我們部落的婦女。不知道我的寶貝兒子開始跳舞了嗎，他已經七天沒有打電話給我。我最近都在想，如果院長就站在我前面，我要對他說什麼。我一定會很緊張，所以我已經把字寫在布條上，折好收進口袋。大家都在看表演了，笑得很開心，我有點猶豫要不要拿出來。難得大家從營區的房子釋放出來，好像回到從前的部落廣場。

這個布條是上次的活動剩下來的，我們去哪裡抗議都失敗。山是林務局的山，水是水利署的水。上次去台北淋了一個晚上的雨也沒有用，兒子暈車不舒服，咳嗽還一直沒有好；吵著要去動物園也沒有給他去。我們是真的想要回去我們原來的家，但是那裡已經不是原來的家，我想對院長說，可不可以幫我們恢復成原來的家就好？把原來的山整理一下就好，不必在別的地方蓋新房子了，那個新房子跟軍營的那麼像。

兒子好像又長高了，跳舞給阿兵哥看，都不會害怕。真希望他記得怎麼說母語，去學校講國語，還要會說英語，希望他好好讀書，也不要忘記我教他在河裡走路和爬樹。我起立跟著音樂拍手，讓兒子知道我來了，大家都乖乖被鐵椅黏住沒有站起來跳舞。這是暫時的，忍耐一下就好了。上個月的豐年祭也是暫時的，村長把花圈戴在長官的頭上，在營區籃球場上牽手跳舞，只要對準方向大聲唱歌，山裡的祖靈就可以聽到。

營區長官在前面致詞了，小孩子還在長官的西裝褲旁邊跑來跑去，有什麼關係嘛，舞台那邊有寫，今天是「軍民聯歡」，長官也沒有生氣啊，還是笑嘻嘻。

「月圓人團圓，中秋佳節一直都是我們團聚的日子，很高興可以和各位鄉民聚在這裡提前慶祝中秋節，」每次看見這個長官，我都不知道他是笑不累還是已經笑得很累，「外面風強雨大，活動還是辦在室內比較安心，氣象局已經發布海上颱風警報。因應這個突發狀況，院長趕往坐鎮指揮中心……」聽到這個消息，我好像從白雞油上摔下來一樣，已經抓在手裡的布條一直沒有攤開來，這個時候也不知道可以攤給誰看了，原來，記者不是不能進來營區，而是根本沒來。「但我們還是要打起精神，為晚會畫下一個完美的句點！」

這時果然又響起一樣的歌曲：〈我們都是一家人〉，大家終於可以離開鐵椅，跟著音樂，圍成一個圓。我的排灣孩子和阿兵哥手勾手，排灣女兵套上阿美族傳統服飾加入表演，在牽手並肩的村長和長官之間跳舞，「你的家鄉在**哪**魯灣，我的家鄉在**哪**魯灣，」你的**哪**魯灣到底在哪裡？「從前的時候是一家人，現在還是一家人……」颱風來了，因為借住您們的家，今年應該不必撤村了，真的很感謝您們……不好意思，我們不是故意破壞這個歡樂氣氛。我們現在都只能以祖靈不太明白的方式，讓祖靈習慣我們改變的，還有我們沒有改變的。中秋節吃不吃月餅沒有關係，中秋節如果可以不必加班，大家就可以在廣場烤肉聊天。不一定每年的中秋節都可以團圓，只有在營區裡才有團圓。不一定每年的中秋節都不會下雨，下雨也不是躲進房子就可以放心。還會出現比去年更大的颱風嗎？我一定是太緊張了，等這首歌播完以後就沒事了，我從一開始就太緊張，所以現在覺得暈車。還沒吃晚餐，所以眼睛看見星星。音樂不見了，原來，是真的停電了。大家只能趕快解散回家。今年的每一場大雨我們竟然都還可以回家。

甲車駕駛兵的暴雨：我們在真實的舞台複誦台詞

有屋頂就很好，有平坦的地方可以躺下來休息就好。我們躺在廟方提供的鐵皮屋，雨聲比平時更嚴厲地警示我們：颱風正在逼近。一年前的這種時候應該在為颱風假而歡呼，對著電腦螢幕徹夜未眠。我應該是第一次這麼接近所謂的暴風圈，儘管身體被屋瓦保護，不安的情緒就像汗臭，都是迷彩綠的味道。穿越活生生的雨，只有濕，或是更濕。就像那首歌：「風雲起，山河動……」滿身疲勞，整夜聞著柴油也能睡。

當初在受甲車駕訓時，常開玩笑說，我們這樣把頭露出車頂外，難不成是要讓敵人當作瞄準目標？如今，在還沒有被瞄準之前，暴雨率先從天而降。車裡已經不缺悶熱，雨勢未歇，還套著「雙濕牌雨衣」，內外兼濕，露出我的一顆頭顱在車頂之外，從營區滑向這個低窪地區。受訓時從未考慮會下雨，結訓後從未想過會上路。沿途雨水如針如牙如流氓。受訓初期，教官總是失控地對著重複操作倒車入庫卻還是無法如願，甚至壓壞三角錐的駕駛們大喊：「你們燃燒的都是民膏民脂啊！」

民膏民脂。路邊的小孩發現大型玩具登場，雀躍不已。這趟任務稱為「預置兵力」，目的是要安穩民心。其實我們根本不確定自己能夠提供什麼樣的保護，只是遵照命令行事，讓甲車順利移動到這裡就是一項不簡單的任務；身為一輛人員運輸車，沒有炮彈可以把颱風或是什麼給轟退，車體有點笨重，但確實可以稍微涉水。甲車開抵預定地點，即刻奉命深入社區，我四處張望，有誰被困在屋頂上？有誰抱著家當需要救援？終於體認到，身為軍人多麼值得榮耀。我讓輪胎滾進水窪，像是一種沉著的宣告：我們比颱風早到。

平時戮力保養甲車，不就是為了用在這一刻？我私心認為，操練體能只是單純為了身體健康，擦槍也只是為了下一次的遠足打靶。他們總是說槍口不能對人，槍口確實沒有必要拿來對人。在風災比戰爭更具體的現在，坐在駕駛座上操作我的甲車，使之前進，即使只是慢速直線前進，都比在營區裡全副武裝、外加防毒面具，彎腰狂奔、趴進，或是以人代車、以哨音代替槍聲還要來得真實。

甲車繞了社區一圈，回到原地，彷彿什麼事情都沒有發生。車體濕漉漉地棲息在路邊，委屈地熄火，包覆在鐵殼裡的澎湃哮喘嘎然而止。

雨水持續在車殼上銜枚疾走，我可以聽出雨聲分別被蓮霧樹與雨豆樹過濾。陰雨綿綿加速，蓮霧樹默默接受積水，雨豆樹的葉片逐漸閉攏。我輕聲喚醒把握時機打瞌睡的鄰兵，同樣的迷彩服下，自我保護機制分別啟動著。

雨豆樹的葉片全數闔起。後來我才明白，所謂的「預置兵力」其實就是抵達定位等待。風災正式降臨之前，我們只能反覆模擬「心肺復甦術」，我們輪流以肉身喬裝患者，輪流陷入昏迷。口訣指示動作：「先生先生，你怎麼了？先生先生，你怎麼了？」觀眾有人低聲代答：「我想放假。」集體有節奏地按壓，按壓，按壓我們浮動的情緒。風災之前，我們也利用空檔練習指揮手勢，假裝前方有車，等距散開，沒人要搶站第一排。一二三四，各自表演，二二三四，下一個動作忘了，三二三四。我們都被去年的大水驚嚇過度，透過反覆的儀式，試圖撫平各自的創傷，四二三四，等待記者前來拍照，精神務必抖擻，繼續等待長官來視導，等待血淋淋的災難來驗收。

終於等到便當。「這次大概又是白忙一場？」問了也不會有答案。「當然希望白忙一場！這裡只要下大雨就會淹水，希望別像去年那麼嚴重。趕快吃一吃，睡覺比較實際。」就像我們普遍認為戰爭不會來臨一樣，演一演，忍一忍，很快就會過去。不會再有更糟的任務了，偶爾還會以為自己克服了當初無法克服的困難，望著夜哨裡的星空，以為日出以後就比昨天更成熟了。

我們排練得如火如荼；然而颱風沒有心機，暴雨說來就來。

新聞兵的救災巡禮：災難沒有期限，災民被標示有效期限

離開平地，隨即轉往山區挺進。我總覺得，政戰主任的座車是用來趕通告的，每當兵力一灑下去，我們就必須沿線去追，去視察，去關心。沿線都是新聞與績效，我跟在

主任身邊記錄行程，沿途拍照。這些所謂的紀實照片，可以用來發送新聞稿，也可以用在救災紀錄光碟與未來某天某位長官的榮升紀念。

我們的軍用座車輕易通過檢查哨，駛進山的內心。山正在心碎，沿路的落石都是證據。透過車窗俯視山谷底下蜿蜒的溪流，看不見速度，阻塞著委屈；溪流不是溪流，遠遠眺望就像大地的裂縫，生息虛弱。我們的車身幾乎等同於路寬，風吹雨散，像是宣告這地方隨時就要恢復不是道路的狀態。

風雲起，山河動。山的鬆動，山的軟弱。

車身搖晃，我費勁在筆記本裡速寫上午的情況；置重點於各個責任區的出兵人數、各式機具與車輛的數量與款式。數字就是力量。一路曲折，一路顛簸，當時我以單腳站在甲車上，差點滑倒的那一刻，我的第一個念頭竟是：相機可別摔壞了。兩秒之後回過神，以衣袖擦拭機身，繼續補拍堪用的畫面。行前已經瀏覽去年風災的檔案照片，我知道目前平地的災情沒有想像中的嚴重，儘管抽水機仍然不停地抽噎運作。這仍算是一件好事，有淹水，但不是淹大水，否則甲車不會有閒情逸致在這裡遶境。我們的副旅長也從營區趕來現場坐鎮，我和他分別乘坐兩輛甲車，一前一後，展開巡禮。一個媽媽撐著孩子的腋下，讓孩子在水面上踩踏前進，像是在告訴小孩：哪裡的水是溪水暴漲，哪裡的水是海水倒灌。一個汗衫老伯提著褲管，緩慢而堅定地抬腿向前，漠然的表情好像在說：我去後面的魚塭看一下。他們都知道哪裡是水，哪裡是路。沒有驚慌，比較接近無奈。

我不明白我留下這些照片能夠改變什麼現況，就像抽水機也抽不乾下次的溪水潰堤。這不就是某種戰後現場？穿著迷彩服在營區裡拍照，沒有一張不是照本宣科的構圖。那些隨著閃光燈的流逝而崩塌的笑容，那些安排過的畫面，排練過的勞動，現在總算脫離部隊的掌控。置身失控的災難現場，什麼口令都喊不出來，什麼命令都無效。好不容易有機會登上甲車車頭，站在第一線，我發狂似地拍下積水不退的證據，拍下居民以乾涸的表情站在淹水的客廳裡；對著潮濕的沙發與床墊目瞪口呆，一籌莫展，雙手能做的，只有捲起褲管。

為了避開一個大落石，我們的車輪壓過另一個落石，後座的主任也只能對著駕駛說：「不必解釋，你專心開。這是天災，不是人禍。」

「早上的照片如何？」主任接著問我。「淹水的地方都拍了，很清楚地感受到居民的不便。」我幾乎還滯留在現場。「我說的是副旅長的照片。有沒有把他站在甲車上指揮的照片拍出英挺威武的感覺？」「報告，有。」主任應該沒有聽出我的心虛，以及逐漸養成的：肯定句裡的否定。

什麼樣的指揮？什麼樣的救援？親臨災難的現場，我一時之間無法反應，即使是在災難的現場，還是要將鏡頭瞄準職位最高的那一位長官，這就是我穿著迷彩服卻拿著相機的唯一意義和職責。

「我們這趟的目的是：『協助地方政府進行災害潛勢地區的撤村』。知道吧？」前方道路愈來愈窄的時候，主任提醒。

「瞭解。」

「等一下要比村民早一步進去悍馬車裡面，向外拍，才能拍到他們上車的表情，才有清楚的臉。知道吧？不要給我一堆後腦和屁股。」

雨勢沒有增強，但也沒有減緩的意思。兵力已經蓄勢待發，然而，無人願意撤村。我保護著鏡頭，在雨中等了一個鐘頭，一個後腦和屁股也沒得拍。

「年紀太大了，不想離開。有的生病了，走不動。」村民向主任解釋。「我們知道國軍的好意，但是有的老人家會害怕穿軍服的人，還說不知道會被載到哪裡去！」另一位村民向主任說明。「我們在山裡那麼久，知道風雨多大就應該離開，現在還不是時候。」他沒有穿雨衣，磅礡的雨水與他同仇敵愾，「一直撤來撤去，我的骨頭也好像被撤村了！長官。」面對這一切，主任只能將苦笑進行換檔，呈現職業微笑。主任只是奉命行事，一旦沒有執行撤村就沒有提供保護，當然，就沒有績效。

隨著夜色的逼近，陸續來了幾個接受村長苦勸的村民，村民在大型黑色垃圾袋裡裝滿家當，逃難不是出門旅遊。一旦離開，不知道什麼時候可以再回來。村民的眼神洩漏「死也要死在自己家裡」的意志，但如果死亡只是個人的事，要死在哪裡都可以。只要有人喪命，就有人失職，村長和主任一一護送這些願意配合撤村的人。

「又打完一仗！」主任鬆了一口氣，躺進座椅裡，「新聞稿也差不多了吧？回去趕快選幾張臉孔清楚、動作精彩的照片！」總是晚睡又早起的他，只能趁現在補眠。曲折行進的車輪，運送我的悲哀，裝進黑色垃圾袋。

只要把村民運抵安置的地點，任務就達成，隨後任務就結束。只要部隊前來預置兵力，任務就達成，隨後任務就結束。任務結束，村民就不再是災民，災民就是別人的災民。

悍馬車的車尾視野敞開，可以讓後車廂裡的村民目送自己的家園逐漸遠離。村民懷抱各自的垃圾袋緊緊坐著，無語卻騷動。那裡據說很危險，那裡是病懨懨卻活生生的家園。只要下雨，就必須撤村。搖搖欲墜的家園只會愈來愈破碎，永遠只能反覆撤退。悍馬車運載村民從一個危險到另一個危險。一直逃跑是逃不掉的；還有多少地方可以逃？

我想起前幾天在聯歡晚會的會場撿到的白布條，上面寫著：「救地居住」，筆跡樸拙卻誠懇，不是常見的「就地居住」或是「舊地居住」的訴求；頹敗的山勢深邃，憤怒的泥流哀怨。

臨時的義務役：「什麼都是假的，退伍才是真的。」

快要下基地了，弟兄們最近都很緊繃，稍微督促一下就是火上加油。天氣與情緒都像是我們的寢室床墊，悶熱又窩藏跳蚤。〈晚安曲〉唱過以後，營辦室裡十幾個人繼續按輩份輪流使用電腦；印表機正在裝死，閒置的影印機缺紙。

「學長，我偷到了。」接我業務的學弟很快就進入狀況，我應該可以悠哉退伍，「很上道嘛！」就算是旁門左道，能夠到達終點就好。「這些紙都是全新的，但是上面規定這些資料要用『二級紙』印，所以，你先把其中一面隨便亂印個什麼……注意不要印到機密文件啊，不然就真的是廢紙了！」我一邊慎重地吩咐，一邊攤開資料夾，資料夾裡是整疊的數字與成效，我正要交代學弟如何把它們技巧性地輸進電腦，值星官緊急通知我們今晚有夜哨。「連上的人都派出去救災了，我們這邊忙完要去站哨。」他的話一說完，我的菸癮就犯了。

計畫趕不上變化，變化趕不上長官的一句話。補休都來不及，一早就接獲指令：「暫停演訓任務，全數投入救災！」風雲起，山河動，持續的雨聲把起床號淹沒，當我從拼拼湊湊的瞌睡裡正式轉醒，我還卡在十噸半的後車廂裡，鋼盔愈戴愈重。軍旅期間搭乘交通工具特別容易暈車，隨時都想嘔吐，無論是新訓的火車、收假的客運，或是被當成工具運往下一個任務的卡車。悶熱的車廂除了裝滿全副武裝的弟兄，各式土木工具也四處卡位，包括我們最熟練的武器：掃把。

漏水從車尾噴進來，怎麼噴都無法降溫，怎麼噴都無法讓人清醒。

「說是救災，其實只是『災後復原』吧！」

「說是災後復原，其實就是來這裡掃地。」

「真正衰得親像梨仔！從營區掃到社區。」

「我哥當兵那個時候，淹水淹到好幾尾石斑插在樹枝上。」

「別叫我去搬死豬死雞就好。我今天吃素。」

「真臭！這附近有死魚！」

我們在腐朽的氣味裡被分成兩個作戰的隊伍，一批負責打撈魚塭裡的魚屍，另一批負責剷沙製作簡易沙包、替民眾搬運防水閘門。

「都已經是中秋節了，不知道這次會有幾天榮譽假？」

「我們做過什麼榮譽的事嗎？」

「你們知不知道有人被表揚，說什麼他犧牲假期投入救災，而且還『過家門而不入』，當然不能入啊，入家門不就脫離部隊掌控了！」

「負面新聞太多，偶爾要塞個溫馨的。不然你去問那個整天閒閒跟在政戰主任旁邊拍照的。順便問他要不要來跟我們一起撈魚。」

一天比一天辛苦，一天比一天更靠近退伍。夕陽浸到魚塭裡，散發奇異的光芒，滿池魚鱗。那些一開始還能開著玩笑說：「好多魚喔，中秋烤肉可以吃到飽！」的弟兄已經無法苦中作樂。也許是疲勞，也許是腐臭，也許是在屍體堆裡看見生命蠢蠢欲動也說不定。我們在天地之間靜靜地工作，在魚屍與魚屍之間，我想起接下業務以後，那些複製貼上的數據、資料與課表，那些熬夜後的不爽，那些髒話，那些真實的謊言。

「辛苦了！」那個拿相機的兵在拍完我們的工作情況後，搬了一箱杯水來。望著我們的魚獲，望著高架橋下的檳榔攤與檳榔樹。「一整天下來，你有什麼感覺？」他問；像是採訪。「該不會要我回答：『雖然犧牲了假期，但是只要想到能夠替災民盡一份心力，再怎麼辛苦也值得』吧？」我只想脫掉口罩，好好洗個澡。中山室的《蘋果日報》被搶走以後，我偶爾也會翻翻軍聞報，笑一笑。「但是，任務結束後，聽到一聲『謝謝』，還是會覺得那是真的。」

離開營區遇見我們奉命守護的「老百姓」，以我微微隆起的手臂肌肉，扛著裝滿魚屍的布袋。十一個月的鍛鍊到底可以強壯多少？我們想要捍衛山河，我們首先就不瞭解身邊這條河。明年的水淹過今年的水，他告訴我，這裡的居民開始認真考慮讓一樓「清空」，直接「從二樓開始」。也許這裡本來就該波光粼粼，每逢颱風暴雨期，河水挨家挨戶，家門就是小河。

魚屍終究沒有打撈完畢。早餐剩下的饅頭還擠在餐桶裡，今晚沒有出現的滿月大概也就這麼慘澹蒼白。明早要去清運倒地的樹幹與樹枝，繼續愛民，繼續打掃，或者，去協助地下室被暴漲的泥沙灌滿的學校脫離窘境。聽命遷移，聽命行事，下一個任務無法預料，也不必期待執行成效。我們可能不會再回來這裡撈魚了，義務有別於責任，留下來的腐臭依然凝結在空氣中，生生不息，如同我們堆疊的沙包，必須卻又多餘。

部落 VuVu 的快樂：軍旅就是不停移防，長大就是一直搬家

山哭壞了，我們就先迴避吧！如果土地和河流一起追你，不知道還能站在哪裡？

還有哪個山可以去？想起從前從前，我們的決定都是石頭的；小米收成以後就是一個新的年，新年的森林裡沒有獵人，獵人變回男人。現在現在，從前的決定都變成下雨過後的河流。如果這裡本來就是河流的，我們是不是要還給河流？

雨水讓鐵絲網慢慢生鏽，在營區睡覺聽不見青蛙，有一天，大水也會帶著青蛙淹進營區裡？阿兵哥說，他們準備要「移房」了，移房就是搬家的意思？他們的車可以把房子一起載走？就像他們用戰車在水裡載我們。有一天，路都被水淹過去，阿兵哥的戰車都變成船。孩子的孩子抓著我的衣服，我們都不知道會流向哪裡。水很高，風很大，「這是你平常最喜歡的戰車呀！」孩子的孩子忍住不哭。

我們的船載我們經過一排形狀奇怪的樹，樹頂已經被海風踏得平平的。沒有風的時候，樹還是很堅強很用力的樣子，這些樹已經長成隨時都準備給風颳過去的樣子，順著海風的方向生長，讓出風的跑道，不怕再被踩了。

「那些樹的葉子很硬唷。」

「為什麼？」

「他們不能搬家，所以就讓自己變成屋頂。」

「變成樹就不必搬家了？那我想變成光蠟樹讓甲蟲來找我。」

孩子的孩子會知道，長大就是一直搬家。只要還能看見山，你們會知道，真正的平安是風風雨雨的平安，真正的勇敢是風風雨雨的勇敢。如果我們只能一直搬家，感到困惑的時候，看看山，看看山裡很多很多亂七八糟的樹。一直搬家很辛苦，但是你們一邊移動一邊堅強。你們是海風裡長大的樹，被雨水浸過的樹。

祖先的祖先不知道什麼是遷村，不知道永久屋的永久是什麼。祖先的祖先會用什麼新的方法繼續保護我們？我們要用什麼新的方法不要讓他們失望？他們給我們留下那麼好的山！

不知道要繼續流向多遠的遠方，我跟開車的阿兵哥說中秋節快樂，你們一定很想回家。今天我們是船上的家人，難得可以這樣團圓一下。從前從前，我們不知道什麼是中秋節，我們只知道小米與小米種子，現在現在，我們有的在山上種咖啡，山下有的開始接受政府說的「養水種電」。我們的淹水很滿很多，但是營養不良；而且我不明白，電也可以拿來種？

那個時候，我們的船經過一個又一個原本用來養魚的魚塭。沒有魚了，爛泥上面有一格一格像是鏡子的板子。我從來沒有見過那麼大的鏡子。阿兵哥告訴我：「那是太陽能板，可以吸收、儲存太陽的熱能，然後發電，可以把電賣給電力公司。」現在的夏天比以前熱，太陽的電一定又飽又多。我們的希望很疑惑，拿來種電的土地沒有陽光，幾個夏天以後就壞掉了。

夏天把秋天淹掉了，現在，我們互相祝福「中秋節快樂」，那個意思是說：希望你也可以平安度過今年的水災。

少年節快樂

下部隊以後，我被指派的第一個公差，是幫輔導長寫詩。

「詩的字很少，你可以多寫幾首。」多寫幾首，好像就可以再偷閒多久。「輔導長覺得詩與軍歌歌詞是一樣的嗎？」我想問，但沒有開口。原來部隊也有「投稿績效」這樣的要求。

槍不離身，筆亦不離身。口袋裡一直都有「成功小筆記本」以及隨時都有可能斷水的筆。剛脫離好長一陣的鍵盤敲擊與橫書模式，在這裡得到稿紙也是一種懷舊，多久沒有在稿紙寫直行的字，而且還是寫給軍人審稿的詩——既得忠誠，又要奮鬥。

努力掃落葉，專心拔草，一群兵把重物搬來這裡然後又讓另一群兵搬去那裡，就算曾經以腰帶取代步槍練習刺槍術，然而這裡並不流行象徵或隱喻。

「眼睛紅紅的，你是跑去偷哭嗎？」長官問。「報告，是結膜炎。」一兵答。

該餓的時候，就集合排隊去吃；該累的時候，就依序歸位去睡。時間在蚊帳裡會暫時形成高山湖泊。天亮以後，重新扛起暗自倒數的時間齊步走。雖然方向各自不同，但是步伐儘量保持一致。

傍晚送槍回軍械室的路上，機槍壓在肩膀讓人走得傾斜。「我是肉做的機械，我感覺得到，我和我所扛著的機械，以及那不合尺寸的鋼盔，白天跑步帶殺聲，天黑以後我們都會流血。」如果大兵手記可以這樣寫。

那就像是駕訓班教練老愛說的，人車合一。迷彩生活之前，論文寫到一半不知如何換檔，乾脆練習早起去學手排車。在九號公路直線加速，在前往鯉魚潭的途中練習轉彎。為的大概就是後來在抽籤的時候，我會抽到甲車駕駛兵。

有人說，會開甲車就可以去開挖土機。甲車駕駛需要兩兩互助，一個在車裡負責駕駛，一個站在車頭前引導方向。在每一個視線死角裡，以手勢或旗語交談。在你的信賴裡與你保持安全距離。

我經常想起那些後來必須保持安全距離的地方，那些蜿蜒之境，懸掛著逞強的吊橋，遊蕩著難以準點的慢車。那些年少時曾經誤闖的祕密之地，後來，挖土機也隨後跟上。「為了去把路邊午休的那些怪手全部偷開走，我正在努力練習通過窄橋。」還沒變回人類以前，流汗的甲駕兵在圍牆裡傳出簡訊，像是燃起某種狼煙。「站夜哨，顧著數流星。查哨官突然現身，於是我後退三步，掉進水溝，隨著第五顆流星一起消失。」

有人掉進乾涸的水溝嘻皮笑臉爬出來。有人被推進井底，直到連夜大雨讓他的軀體漸漸浮起來。有人模擬山羊，卻在光天化日之下失足墜落。

一定是那裡有什麼讓他非如此不可。一定是因為，有些地方只有失足才能抵達。尋常的一日，走到一半又滑倒了，這次滑倒乾脆就好好躺著。想睡成嬰兒，卻愈睡愈老，總是殘破地醒來。

脫掉褪色的迷彩服重返人間，沒帶任何行李就投入另一趟未知的旅行。救自己的災，站自己的哨。只是出門一下，很快就會回來。

住院醫師在傍晚拿著斷層掃描的報告衝進病室裡的時候，我感覺大魔王好像出現了。餐盒裡的草魚才剛咬下一口，「我以後不敢再吃草魚了。」想起那個賞鯨碼頭的夏天，踩著腳踏車，有時會經過海邊的學校，有時會經過海邊的醫院。那個夏天，許多沒有防水機能的祕密開始浮窺準備上岸，或是下潛告別。「我慢慢變成一隻熱帶斑海豚了？我也可以是一種花紋海豚？」

海邊的醫院。醫師在日光燈下進行美術勞作。很快就會結束吧，結束以後，覺得自己偷偷完成了一件小小的偉大的事情。每一個奇異的發炎傷疤，上面又會多出一個探勘後的刀疤。「雖然不確定是什麼，至少沒有發現什麼不好的東西。」走出海邊的醫院，去到山下的醫院，踩著腳踏車，偶爾的顛簸，新鮮的傷口就是新的心臟。踏板轉動著提心吊膽。

第一個疤痕上的疤痕的名字是太平洋。第二個，是北濱。第三個是逃跑。第四個叫流星。第五個，接下來的都沒有名字了。

終於輪到我了嗎？只是出門一下。第一天的晚上，失眠很久的我在病床裡放心睡了很久很久。

直到被鎖進那裡的第二個晚上，才按照規定穿起失眠睡衣般的病人服，因此變成病人。隔壁床的阿伯提示我，上衣要挑有口袋的，他神祕兮兮地展示口袋裡的寶貝；不出所料，就是半包菸。直到現在我還是不會抽菸，但我記得那些經過而願意留下的每一種菸味。

志工準備把我推向手術室的時候，我說我可不可以下床自己走？他堅持要我躺平，不要耽誤他的工作。我只好繼續看著天花板的流逝，偶爾閉起眼睛，好像小時候在玩假裝死掉的遊戲，如今卻是那麼容易就可以假戲真做。

局部麻醉就像一場各自的交談。我很清楚下顎有肉焚燒，我知道他在坑道裡戴著頭燈不停探勘與爆破，我的感覺清清楚楚但就只是一堵冬日牆壁。「會痛要說。」執刀醫師提醒。為了抵達那個封閉的核心，我們沿途都沒有放棄挖掘。為了證明交談的過程有血有肉，最後他讓我看了一眼那團挖出來的血肉模糊語意不清。

送驗的結果應該不會有第二種說法，診療室裡的報告聽審卻是難以收拾。我覺得我們的交談就像是在為詩爭辯。

有人根據我的可疑病況，翻查醫學期刊文獻找到一個最新的形容：「暗夜裡飛過的烏鴉」。如果是這樣的一句，我願意在我的身上貼標籤。

「你這是什麼奇怪的病？」

「暗夜裡飛過的烏鴉。」

住院醫師疑惑，為什麼我老是在施打高劑量類固醇的四個小時裡昏昏欲睡而不是想要去操場跑步。劑量愈高，愈想睡，睡進暗夜成為最清醒的烏鴉。

教學巡房的時候，有時我會真的睡著，有時我會假裝睡著。「為什麼您會選擇我們這間醫院？」醫師問。「我不知道，大概是緣分。」我誠懇地說，醫師竟被逗樂。「昨晚睡得好嗎？這幾天住在這裡接受治療，有什麼感想？」他問。「因為有了這幾天，我才會有以後的人生。」我答。醫師要我重複一遍，好讓他的學生寫筆記。病床上的我唯一能做的，就是提供身體壞掉的部分——而且是很奇怪的壞法，請他們好好研究。我看見我的身體——接受診療以後被拍攝的傷疤縱覽與特寫照片，以編號的方式出現在皮膚科住院醫師準備帶去美國發表的簡報裡，他說可能可以為我帶回一些治療的方法。這真是令人期待的伴手禮。

他們成群離開，留下我繼續人生。我坐在病床上，但我其實不是一個人。主治醫師經常微笑對我說：「你正在接受全世界最好的治療。」擁擠的醫院大廳，迷路的病人氾濫。

隔壁床的阿伯，雖然必須再多住一天，但他算一算發現保險金可以再多賺一千五。那個中年男子跟上次一樣，放下鬆軟的行李袋，躺下就睡，好像回到自己的房間，平靜地接受化療。睡前有時會有醫學院的學生夜襲來訪，問病問生活。我說我有一段時間都會看見絕望的日出都沒有認真吃飯而且淋雨溯溪為愛傷心，他說他也一樣要我別想太多其實問題出在你的基因。我不知道為什麼要跟這個人說那麼多，大概因為已經很久沒有與人交談。正因為我們只是今晚的陌生人，所以我才什麼都敢說。無論夜班或日班，下班以後總會搭火車趕來睡在病床旁的父親說，雖然在這裡也不能跟你多說什麼，有伴總是比較好。

病床上的交談像是背對懸崖，那天我差點就要對著守床的人脫口而出，結果只是突然哽咽而已。直到重新回到草原，我的背包就愈背愈重。我還是不習慣睡覺的時候有人在一旁守著，但他確實是我最早的守床人。懇親時間有限，每天的交談都是每天的遺言。

清晨的醫院超商也是無聲的陪伴，買了報紙和無糖豆漿，猶豫了一下，還是多買了一件白色的圓領純棉內衣，如果這十七天的注射治療見效，我就要多穿這件新衣服出院。這天的報紙刊登了自己的文章。我想起之前在家心急等待住院醫師偷偷來電通報切片報告結果的電話時，竟然先接到副刊編輯恭喜得獎的電話。我現在只有感謝，沒有感言。

我躺在病床上，住院醫師在我的下巴與腹部進行測量與標記。我們是實驗室的夥伴。住院醫師幫我連打三針以後，總會補上一句：「辛苦了。」例行性的切片完成以後，也不忘再說一次。我想起我和美工兵曾經幫政戰主任在營區門口寫上大大的：「弟兄們！辛苦了！」有些話，沒說好反而更像是漠不關心。不知道怎麼說的猶豫時刻，好像反而正在釋出深刻的誠意。辛苦了。我懂。對不起。我沒事。熬夜值班的住院醫師，冰涼的手指在我的皮膚上滑動，執尺動筆，「今天有進步喔，類固醇會讓這些色素沉澱慢慢淡掉的。」兩位住院醫師輪流照顧我，「以後我們每個星期三都會輪流去你家附近的分院支援，還會見面的。」明明我們應該是必須分離的朋友。想起退伍那天，我對送行的人說：「有一天我們會再重新認識。」

戴著住院手環請假上街買蘋果，回程的路上只想任意攔下公車載我去哪裡都好。然而我沒有。我怎麼會，連偷跑的力氣都沒有。有一天我在地下美食街，遇見一個婆婆正在吃霜淇淋吃得相當珍惜，吃到一半就被負責的護理師逮到，「穿病人服是不能來這裡的，而且妳為什麼在偷吃冰？」

我常常想著那個遙遠的出發的地方而讓今天又多出了一天，覺得自己還有地方可以回去。後來又轉移到其他更擁擠的醫院，我以為我已經去到當時我所能去的最遠的地方，結果其實遠還可以更遠。以後再被推向哪裡，已經沒什麼好怕的了。這只是一場長途感冒，我不相信魔術我只相信那張少年留給我的船票。

每一次的出院，每一次的報告揭曉，都像是迎接一次新的生日。今天生日快樂。今天新年快樂。我記得很久以前，有人祝我**醒**年快樂。

烏鴉飛過暗夜的時候，我會火把般地想起那樣一堂關於詩的創作課。有人說，蘇花公路的夜間巴士可以一邊轉彎一邊看大海天亮。有人說，他遇見有個男孩坐在面海的木椅上，久久坐在那邊看著海，就好像什麼困難都可以解決一樣。

夏至。白日最長，今天的白日夢也最長。大海的天亮裡有白色的風船。

我曾經在夏天快結束的時候，跟著一群人乘船去跳海，那是我最親愛的一次畢業典禮。我想卸下救生衣，因為當時不停捧著我的海水讓我覺得自己正在自然逃生。有人看見遠方有深海喙鯨出水換氣，那就像是海面上的流星，只會發生一次。失明以後我們指認彼此的方式就是我們曾經一起看見飛旋海豚看見抹香鯨。

失眠以前，我們曾經一起摸黑認字，一邊散步一邊練習交談。

這就是，看見海豚的感覺。後來我散步去看《路邊野餐》，那就好像划船進入年少時的電影社，教室門窗緊閉，窗簾全部拉起來；那個時候，非社員繳交三個拾圓就可以借住一晚。我們分別一起去了比海遙遠的地方，某些我們，可能一直都沒有回來。導演說他其實沒有看過海豚，「只是因為我的媽媽喜歡大海。」

烏鴉飛過暗夜的時候，我就覺得那是因為有電影快要開始了。

遙遠的東部小城有說不完的雨。你那裡就算雨停，我這裡撐傘還是連夜下著。第一次去圖書館的時候，圖書館也是新的，很多書架都是可穿越的。圖書館的角落有整牆的錄影帶，每個標題都好像地名，而那些錄影帶就是車票或船票。《四百擊》裡的男孩說他如果真的要被送去當兵，他只想當海軍，他說他從沒見過大海。男孩最後一直跑，跑向大海沒有入口。

我終究沒有成為海軍前往遙遠的島。軍人節快樂，一生只有遇上一次的軍人節有沒有放假？一開始，我只是為了可以準時離營而日夜練跑。那首幫輔導長寫的詩，無論交談有沒有效，最實際的回饋就是我的軍旅生涯因此多出一天假。

我在山下奔跑，為什麼一直奔跑停不下來？是因為後有追兵，還是盡頭有人在等？當我脫離迷彩病人服而忠誠奮鬥地繼續在操場奔跑，難道真的是因為身體裡有太多禁藥而停不下來？我恍惚發覺我愈是向前邁進愈是在逆時針裡繞。我在我的颱風裡向前奔跑，颱風過後總是西南氣流，在我拔足狂奔的大雨裡，我想起很久以前我們都互相提醒明天的天空會下魚，降下很多沙丁魚和竹筴魚。如果給我一場水上龍捲風，現在的我也可以開始降落年少時的魚。「沒有逆時針到不了的地方喔。」多年以後的暗夜裡，收到一封逆時針而來的簡訊，我突然想起，其實遠方一直有人正在看守著我。

看守著我們的年少時光。平快車闖進山洞時，車廂裡的燈會瞬間醒來。車廂裡總會有一兩盞燈是壞掉的，那閃滅就是訊號。走在路上總會遇見一兩個速度慢下來的人，是壞掉的。

我們都不知道，那時的交談是為了和現在的自己對話。我們都不知道，那時不停地寫信是為了治療現在的自己。

荷索從慕尼黑徒步到巴黎探望生病的朋友，他堅信只要一直走，遠方就不會是死亡。逆時針向前走回去探望生病的朋友。

我在我自己的遠方日夜奔跑。年少的我們在黑色的樹洞裡投遞站內信或寫沒有人看得懂的日記。最後一張明信片寄來的時候，郵戳蓋的是「郵件處理中心」，寄件人的地址沒有交代，但我們知道我們各自在哪裡，所以我就放心去找了一個樹洞睡了好久好久。寒害來襲的時候，焚燒那些交談，在每一次踩進危崖的時候，向遠方投話。你好嗎？你要去哪裡？

醒年快樂。從此我的生日不只一天，從此跨年也不是發生在每年的最後一天跨向明天。跨越總是後知後覺。我正在回信給我最遙遠的密友，無論那個人其實有多近，無論那個人有多遠。如果我又可以背包上肩隨時出發，我會寫明信片給我們的年少看守員，地址就算不夠完整，郵件處理中心最後還是會送達。水上龍捲風出現的時候，每當我又被那時的少年拯救，我就想要對我們說一聲：「少年節快樂。」我們一直都在從事既不健康又不快樂的事，所以我希望我們更健康，我希望我們更快樂。

單人夜哨一角鯨

再過幾天就是新年，迎接新年的禮物是排隊遠足去山邊的靶場練習射擊。一人雙肩兩把槍，不說話行軍，繞過高速公路，經過鳳梨田與甘蔗田，一身迷彩染上青草與蔗糖的甜香。幾天的新兵訓練而已，外面的天空就變得如此清新。他不曾在營區內投過販賣機，也不在營站購買零食，期盼約束以後的快樂可以因此加倍。

在這裡，盥洗時間以後，他會捧著鋼杯裡的熱薑湯，去公用電話那裡排隊。一年的最後一天，他想，今天這麼特別，打電話應該不算打擾，今天這麼特別，好像更不應該打電話多說什麼。

夜裡躺平的時候，〈晚安曲〉還沒播完，就聽見有人在排練倒數。睡著以後果然有人在零時掀開蚊帳大喊：「新年快樂！」一跨入新年，那個人就獲贈接二連三的幹聲。他也被吵醒了，像是被推進某個雨後鬆軟的壕溝以後，又睡著了。

服兵役是為了捍衛台澎金馬百姓的安全福祉。他不知道自己到底應該保護誰、捍衛誰。夢中的他扛起一把步槍，槍身是那麼沉重，但是沒有子彈。他知道他在睡覺的時候，有人正在站哨。有一天也會輪到他上哨。不知為何而戰但是戰鬥已經開始，不必誰來命令或提醒，他知道退伍跨出營區那一刻才是真正的跨年，他知道他有真正想要保護的東西。

想要維持低調也必須找伴互助，譬如折蚊帳這個待檢項目，對於新手來說，必須兩人合作才能順利完成。隔壁床的鄰兵教他折疊棉被的技巧，微光之中，互借彼此床位的空間，把棉被攤平、理順，兩人四手安靜輕巧，折好棉被就下床折蚊帳。一人抓兩角，站得遠遠，把蚊帳撐開，再慢慢靠近、收攏，蚊帳的一半對準碰上另一半，手碰到手。

窗戶緊閉的連隊寢室，連空氣都還沒轉醒。匆忙來去盥洗之際，他會停靠在依序排滿臉盆、臉盆裡連牙膏都有標準擺法的走廊上，看著走廊外的黑板樹與清晨的月球，在冰涼的空氣裡慢慢喝完半個鋼杯的熱水。這偷來的時光。他還不知道，這將會是往後的日子裡，在那些失眠的夜晚裡，經常讓他懷念的美妙清晨。

但畢竟他目前仍是一個不合格的步槍兵，單槓連一下都拉不起來，這是一件不太妙的事。單槓拉不起來也得讓自己懸吊在單槓上九十秒。在所有弟兄的環繞注視之下，在心裡那個少年的注視之下，上不去又下不來，全世界只有他一個人踩不到地。

總是慢了人家好幾步。小學四年級的時候，他寫紙條問那個從一年級就同班到現在的好朋友為什麼最近都不跟他玩。好朋友回答：「因為你又不會打躲避球。」他看著好朋友和夥伴丟躲避球，每一個都是「鬥球兒彈平」，力氣愈養愈大，丟球都帶火。他則是場內那個一直躲來躲去的人。混在人群之中，躲到毫無掩護最後只剩他一個。最後他還是無法把好朋友殺過來的球給穩穩接住。六年級的暑假他一個人對著牆壁練習躲避球，好朋友捧著籃球經過他並且轉告他，國中已經沒人在玩躲避球。

他和其他仍然不合格的步槍兵們被班長歸入失敗組。每日進餐廳之前，合格的步槍兵可以先出發，失敗組則必須留下，照三餐在集合場繼續加強伏地挺身。他努力支撐著自己，在心底想：我現在聽你的話不表示我想變得跟你一樣。

每夜盥洗之後，就寢之前，所有的人都必須在集合場背誦「單兵教練報告詞」，修補白天操課時的缺漏與忘詞。每個重複且整齊的日子裡，他和他們依照劇情趴在水泥地與草叢裡排練，他和他們在雨天的中山室呈戰鬥蹲姿齊聲大喊：「單兵已完成攻擊前準備，待命攻擊！」假裝窗外正是槍林彈雨。

無聲的流彈，無味的毒氣。那些曾經一起扛著奔走的論述與精裝書籍，隨著時間化作斷簡殘編，漫天著火的書頁讓他忍不住也跟著抬頭發出驚嘆。有人陪伴的勇敢還算勇敢嗎？那些曾經認真說過的話，因為槍炮病菌與鋼鐵導致消音。他發現崩潰的瓦礫堆裡有一個少年抱頭蹲下。

留下來的他，皮膚表面突然湧起不明的深斑與疤痕，像是激烈的免疫風暴，始終沒有消退的跡象，像是來自敵方的彈孔，但其實是我軍的內訌。他輕觸這些微微隆起的傷疤：一定是你們替我擋下了身體裡的核爆吧！他和鄰兵在浴室隔間裡背對背盥洗，輪流使用一柱微弱的溫水，沖去一整天的疲憊，也企圖洗掉身上殘留的煙硝味。他們一邊沖洗一邊交換白日的心得與抱怨，鄰兵也許看見了但是什麼也沒有問。「你穿好了嗎？好了我就要開門了喔。」

他還記得兵役複檢的皮膚科醫師們，看見了也是看不見。「你該不會是想逃兵吧？」

戰爭總有結束的一天，他知道愛有很多種，其中一種是體貼他人的難處，換個情境與說法，就變成忍耐自己的心情。每一次拋出練習用的手榴彈之後，必須迅速臥倒。不合格的步槍兵即使沒有成功將手榴彈投進目標區域，也必須迅速臥倒，假裝手榴彈已經引爆。手榴彈真的沒有爆炸嗎？這個趴在地上的不合格步槍兵，沒人看見埋頭的他是什麼樣的表情。

處在這種不知道下一步應該怎麼走的時刻，有人幫你安排好，只要按表操課，日子總會一天縫進一天，迷彩粗糙地擦傷而過。鍛鍊身體也沒什麼不好。儘管手臂的力量始終有限，練跑的時候，他倒覺得自己還有一雙可以逃跑的腿。也許生來就是為了逃跑，逃跑就是創造。儘管他日日夜夜也不過就是在營區的圍牆內繞圈。在營區的圍牆內刺槍，揮舞疑惑。無論是什麼樣的刺法或迴旋，短兵相接的時候可能都沒有用。氣刀體一致，他最喜歡的刺槍術口令就是：「後退十三步，快跑！」

他們趴在草地泥巴裡進行敵火下作業。「取出土木工具，向右翻側身，先挖右側土，以魚鱗方式挖土，挖畢，翻身入坑內，再挖另側土，」集體自掘墳墓。他們扮演偵察兵，以伏進的姿勢進入敵外壕後方打算欺敵。他們齊聲朗誦：「置槍，脫盔欺敵。左欺敵，右欺敵，欺敵再欺敵。覆盔。」來不及等到棄械的他戴妥尺寸不合的鋼盔，敵方的子彈已經搶先偷襲。這是他與自己的第一次世界大戰。

當他漸漸學會自己就可以把蚊帳折得差強人意，可以在雨後迅速脫掉裡外皆濕的雨衣並且自行將折好的雨衣繫在腰帶裡繼續行軍，期末鑑測也就要來襲。今天比昨天還冷，清晨集合時只有七度。單槓鑑測那天，他被告知必須隱身在眾迷彩之中，看著另一個再度登場的兵，輕鬆代他完成單槓任務。

鑑測之前，他只知道跑步一定會合格，他想起入伍前的那幾個操場練跑的夜晚，接下來不是玩躲避球，接下來是接力賽。好不容易適應一個地方，卻又要告別，他突然覺得過去那些又新又嫩的日子是被保護的。有沒有喝水，有沒有吃飽，講話要大聲清楚，姿勢要端正良好，防毒面具要戴得密實，偽裝要完備，身為單兵必須比昨天更有力氣，如果無法正面迎擊至少要轉身快跑。

他們日夜高喊：「請班長以火力掩護我！」「請鄰兵以火力掩護我！」重裝上路前，「請你，以火力掩護我。」他對自己說。

掩護自己的衛哨時光。掩護我們的衛哨時光。駐守在黑夜的盡頭，三條走廊從左右兩翼與正前方撲面而來，撲面而來的是一匹又一匹的海嘯，少年海嘯少年般朝他匯聚集中。他很容易就被捲入黑夜的海水，更濁更軟的深夜海水，他單槍匹馬，其實只有木槍護身而沒有馬，沒有戰馬因為叫不醒還在沉睡的獨角獸，海裡當真沒有獨角獸，他與他的木槍讓他在黑夜的盡頭佇立成為一匹落單的一角鯨。

他沒有在海上見過神祕的一角鯨。一角鯨比其他鯨豚的蹤跡更北還要北。當時他在晃蕩的船上，手捧圖鑑四處張望打聽的雜亂筆記，比白天坐在步兵學校教室埋頭抄寫的甲車構造剖面圖還要令他感到耳目清晰。

雄性一角鯨的筆直長角，其實是螺旋狀生長的長牙，Martin T. Nweeia 的研究團隊相信，一角鯨的長牙可以用來探測周遭環境的訊息。當鹽度愈高的海水滲入長牙，存活訊息隨之傳遞，一角鯨的心跳就會加速，警告牠，周圍的海水就要結凍，可能牠就快要被困住。

姿勢端正卻情緒雜亂的他多麼希望自己也能長出這樣一隻角。不對勁的心跳加速時，慎重警告他快跑，不然就會被冰封。

單人夜哨的他是在海面浮窺的一角鯨。一角鯨浮出海面呼吸時，通常會把長角藏匿於水下。當他再也不必站哨，當他更加虔敬地開始繞著自己的操場逆時針奔跑，他才重新發現，原來一角鯨的螺旋狀長牙也是以逆時針的方向，向前生長，逆時針向前，愈長愈長。然而一角鯨沉重的長角大部分卻是中空的，一角鯨通常保不住牠那敏感又脆弱的長角，某一天總有可能應聲斷裂。一角鯨準備深潛時，會在海面揚起牠的尾鰭，那是一角鯨對誰發出的旗語。

輯二

帶病旅行

不是自己的自己，什麼都不是的自己。這幾年的生活就是一場實驗。如果不照既有的公式與規定那樣做，還有什麼可能性呢。實驗也是現實寫實，冒險也會流血流淚。

舊傷

那時的夏天，不管什麼樣的終點，只要一直走，就可以抵達。
有些地方只有徒步才能抵達。必須
一直走。一直婉拒善心便車，避開砂石車，一直走，
直到舊傷復發。慢慢長路，長路漫漫，海風咀嚼砂石。
遠遠跋涉而來一輛彩繪巴士，遠遠跋涉而來，一艘拼板舟陸上行舟。
我想起沿途公車站牌總是生鏽模糊。
司機樂意打撈路邊擱淺的我，讓我坐進副駕駛座，「觀光客的座位！」他說。

成群的羊都知道要讓路給成群的機車。
這公車的二十個空位有二十種以上的等待。二十封以上的家書，沒有人在。
陸上行舟，我們在島嶼北部的強風裡沿途借過，終於進入部落。
涼台裡的老人開始騷動。車來了，像是兌現遙遠的承諾。

短褲老人駝背健步，戴帽的長裙老人懷抱包袱像是懷抱熟睡的嬰兒。
我們互不相識但仍點頭示意。我先就坐，但我是客人。
我在行進的客廳裡讓舊傷休息。他們繼續暢談，我繼續聽不懂他們又好像聽懂。
司機替我翻譯：老人在家坐不住，生病也要上山。
車裡音碟轉動阿美族的輕快歌謠，老人跟著哼。哼完再唱自己悠緩的達悟歌。
我看見林投樹的果實飽滿誠懇，老人想起從前借用林投樹的身體曬飛魚捆小米。

車在監獄舊址暫停。有人在裡面種菜種水芋，有人嘗試讓珠光鳳蝶復育。
東清今晚有沒有夜市？「野銀新社區」的燒烤攤已經提前熱鬧起來，
車速慢下來，下一站是「野銀舊部落」，老人可以假裝回到少年時。
叫做「永興」的農莊遺址現在仍有種植，日落而息時，有人燈火通明夜探角鴞。
陸上行舟，在山高路窄的後山繼續顛簸不息。海浪不打算讓舟暫停。
龍頭岩不是什麼龍，老人用母語說，那就只是沒有規則坑坑洞洞的石頭，
底下有大魚。我們的陸上行舟也是一路坑坑洞洞，
底下有撞見龍頭的抹香鯨正在下潛。小蘭嶼再過去那邊遠遠有颱風，
我們的拼板公車疑似遭遇長浪。在野生的海風裡，沒有鋼鐵可以繼續堅硬。
環島水泥公路只有一段永保平坦，在此可以加速，生鏽的罐頭工廠無人上下車。
路邊有人整裝待發下海浮潛。路邊有抗議標語被白漆遮成啞巴。

路邊有偉人的半身銅像背對大海，終日看著從前的指揮部變成資源回收場。從前從前種地瓜的土地，現在改種民宿。「民宿今年收成好嗎？」

層層抵達衛生所的時候，可能只有我一人暈船。

公車在此稍候。有人要去看病，有人要去郵局領津貼，慎重如進入森林。準備再上路時，車外有人急拍車窗，候車亭失物招領：「誰的藥袋忘了拿？」「丟在那裡就好了！」剛上車的失主坦承故意留下。「垃圾自己帶回家！」想痊癒只能順其自然。有些病只能順其自然。

剩下的乘客都在農會超市下車。蘭嶼公車的每個站牌都是生活的入口。我看見奇岩，他們看見漁場。有人攜帶自家農產漁獲在超市門口擺攤，司機也跟著下車買了一袋蘭嶼花生，「最後一站了，祝你鵬程萬里，音容宛在！這樣下次我還會記得你。」我揮手道別。有些風景只有下次才能看見。

頂著一樹一樹的蟬聲繼續走，側背海浪繼續走，一層一層過濾我。

徒步是心的顛簸，徒步比較容易感傷，感到血肉般的受傷，感到骨折，所有的傷口音容宛在，浸泡在過期的海水。慢性發炎是火山口，疼痛是海溝，是廢棄國宅的窗，是簡易碼頭的裂縫，是野溪流過水泥河道，是復建堤防，是危險的安全。這個島嶼有時憤怒是因為舊傷復發。是帶狀疱疹。

我回到島嶼北邊的「五孔洞」，他們禁忌的洞穴是我隨地休憩的地方，岩壁裡有凝固的禱辭，在這個沒有翻譯的海蝕洞裡，可以聽見頭頂有海浪：像大海一樣柔軟，像大海一樣堅強。

我想起公車老人晃動的表情，有人是沒有父親的兒子，有人是沒有兒子的父親。

我是森林與大海的孤兒。我在他們受傷的地方徒步，腳底有心臟，愈踩愈感到衰竭，愈踩愈感到抱歉。

祝你早日康復

我牽著單車進入步道，進入這座海岬上的草原游牧。我們一路尾隨步道上的泥巴車痕，發現已經有人率先抵達步道盡頭。這條鋪設不久的石磚步道通往海岬最高處。這個人把機車和拖鞋留下，草海桐遮蔽他的入口。我想像他把魚叉綁在背後，找路重回他們的海裡。他們都有自己一路以來小心收藏的捷徑。

步道既然已經被挖出來，客人最好就乖乖沿著步道走。肉色的步道是冗長的術後傷疤。當我偏離步道往海的方向涉草而去，踢到一柱農場地界。我想起那群想家的軍人與被放逐的囚犯暈船而來。他們和他們臨時看管的牛隻集體消逝以後，公路沿線留下的廢棄水泥屋舍繼續保持肅立，像是公牛骨骸被海浪反覆擦拭。我往海岬的另一側盡頭走，愈走愈低，低到以為可以直接走進海。

暴漲的海風淹沒草原。海上的快艇又急又小，請問哪裡還能提供私房潛水和祕密漁場？我陷進草的漲潮裡。在這裡被太陽的瀑布沖刷，類似一種幼稚的浮潛，類似一種神祕的治療，我故意忘記背包裡的藥。飽滿狂野的海水讓我覺得，如果從這裡跳下去，不會有什麼危險，只是回家而已。

我聽見有人朝我喊叫。「你曬昏頭了沒？」青年扛著一袋地瓜，從海岬的另一端登頂，那裡都是海風灌溉的田地。

「我在看船，」我硬塞一個理由給他。「沒看見拼板舟。」

「你沒看見，又不是真的沒有。」他轉移話題：「怎麼一個人來？」

見我欲言又止，青年邀我一起出海。

我跟著他穿梭各式浮潛、拼板舟體驗的招牌，來到每年夏天重新粉刷的家屋以及緊鄰房舍的木造涼台。失業的青年回到家裡幫忙父親招待客人，「回來才發現我的房間已經被客人睡了，只好睡涼台。」

他請我吃早餐賣剩的三明治，內餡是飛魚和地瓜泥。不賣鮪魚只賣飛魚，「因為飛魚就在這裡。」涼台角落有一艘以木片架構而成的簡易小船。「我也想學做真正的船，我爸說我回來才會把樹給我。」我們繼續望著各式屋頂遮蔽後的海。

青年的父親緩步爬坡而來。雙手放在腰後，看起來像是扛著大海。

「可以了嗎？」青年問。

青年翻譯父親給我聽：「今天的海浪令人驚奇又擔心。」

◆◆

機動漁船在傍晚的小港口蓄勢待發，準備前往小蘭嶼海域。青年的父親在駕駛艙裡，船上還有三位漁人；他們把鐵罐木瓜牛奶混入維士比，遞給我一杯，「你會醒過來。」

漁人觀察風向，判斷漁場，評估放網的時機與位置。雖然不是拼板舟，漁人終究還是漁人。漁人凝神，好像有一個嬰兒般的颱風正在我們之間生成。海風裡的鼓聲柔軟地壓制引擎。

我們有求於海，「我爸說，有一百條飛魚就回去。」隨著天色漸暗，漁船漸漸被大海吸收，我們闖進海洋的森林。入夜以後的大海把我一層層推翻。我嘔吐，連藥也吐出來。小蘭嶼的海浪是熔岩滾沸火山碎屑岩的海浪，小蘭嶼的海浪是不宜被歸類的野生動物。據說有人把羊群放進去，緩慢啃食小蘭嶼。我也感到被海浪溫柔地啃食。

搖晃之中，飛魚陸續躺進甲板，燃起銀白的火焰。牠們是大海被剝離的器官，帶血顫抖，環繞我，環繞我在夜間大海最亮處。

漁人的每一種動作都像儀式，讓我無從插手，也沒有按下快門。他們回到他們的海裡。海上有海上的節奏，忙碌的漁人在敞開的船尾回收漁網，踩在浪上，在彈跳的飛魚之間側身擊浪。他們直接在甲板上刮除魚鱗。搖晃，搖晃，熄掉動力的船隻在海上漂流。

被海包圍的時候，我覺得我是大海的孤兒。

我已經把身體裡的飛魚還給大海。那位在船尾垂釣的漁人，對著大海刻意以閩南語抱怨：「緊來呷喔，有人想要回去嘍。」青年低聲對我說：「再讓他們釣一下，今晚應該有大魚。」然後對著漁人說起母語，語帶歉意。

「你帶我這個不相干的人出海會不會觸犯禁忌？」

「應該是體力的問題。我划我爸的小船，有時也會划到吐。」

船隻終於轉向。趴在護欄上，我假裝自己是綠蠵龜漸漸逼近昔日的灘頭，但我終究是個疲憊的陸生動物，面朝燈火燃燒的島嶼，漸漸心安。我假裝自己是灘上新生的小龜，把那些光亮認成大海，於是漸漸迷路。

「下次睡飽一點就不會暈船了。」青年遞給我一尾活生生的飛魚，「祝你早日康復！」

大海給我原諒的感覺。

全新的一天，我在環島公路與大海單車並排雙載。水芋田旁有小木屋正在趕工，去年的水芋田有剛長出來的民宿搶下海景第一排。

民宿與民宿的隔壁，舊時代的軍事指揮部被海風入侵，轉而成為資源回收場，瀰漫過期的海水味。豬與豬排隊在司令台上散步，這裡曾經是表演頭髮舞的地方，現在只有雞在木麻黃的枝幹裡放聲啼叫。那個還在司令台上俯視的黨徽，看起來像失眠的拼板舟船眼。他們的鄉愁與我們的傳統如何互相翻譯？散落的廢輪胎失去方向，發財車與無門轎車留在原地詮釋災後現場。

指揮部的水溝旁有一個書包被遺落，看起來不像垃圾。我張望，發現水溝裡有一個小孩。小孩說這裡有蝦，邀我下去幫他趕蝌蚪。找蝦是他在放學途中最重要的事。

「這個給我騎，我帶你去我家看魚。」收穫太少，小孩轉而被單車吸引。我們重新回到路上，水泥路面坑坑疤疤，我守護他，但我沒有方向，他的方向就是方向。

我們經過道路護欄旁的水芋田。水芋田是梯田，層層下降通往海邊。「裡面有鰻魚，也有蝦！」說完，小孩扔下單車就跳進去，把遲疑留給我。田埂延伸田埂，石頭堆疊石頭，鞋底愈走愈軟。小孩不時回頭喊我，要我跟上。

我們降落在一個豐盛的盆地，被芋葉與海浪環繞。礁岩附近都是螞蟻般的小孩，「那個觀光客是誰？你帶他來，就要負責帶他回去。」其中一個小孩從亂石堆裡疾走而來，一開口就問我要不要吃他家賣的風味餐。我們的視線接著就被芋田裡的螃蟹帶走。他問我螃蟹的英語怎麼說，我告訴他，他則為我示範徒手捉蟹的技巧。「月圓有陸蟹，晚上我們一起去找？」小孩的笑容是成熟的林投果的顏色，爽朗誠實。

月亮出海的時候，我們找到水泥路上的輪下屍體，有蛙也有蟹。我們找到光澤蝸牛，潔白光澤像夜晚的浪，潔白光澤短暫像童年。

「你看你看，海上那個最亮的白色是我爸爸。」

我隨小孩在灘頭奔跑，在礁石間抄近路。他們的奔跑是懸崖小羊的奔跑。鋒利的礁石讓我幾乎忘了走路的方法。

夜晚的長路愈走愈深，愈走愈覺得深夜的鬼頭刀在我背後追趕，我卻趕不上灘頭上的任何一個小孩。

◆◆

愈追愈遙遠。如何與海相約？我和潛水漁人約好了卻還是經常錯過。

海邊的一天，我們在部落灘頭不期而遇。我告知來意，他則繼續閱讀灘上各式拼板舟。「晚上你來我家，我們再聊。」他的手曾經把森林扛進大海。他的眼神是注視過野生大魚的兇猛與怯懦之後回到岸上的眼神。

果然是個好夜，因為他決定暫時抛開陸地的一切。

「我下去了。明天一起吃早餐。」他留言。

海風流過機動漁船的燈光不會熄滅，海風流過潛水漁人的緊張與專注，海風流過水泥堤防，流過環島路燈讓電火鏽蝕，海風流進門口的飛魚架。

飛魚再度過境的夜晚，部落徹夜未眠的日光燈管下，等待漁人重新歸來的婦女猶如海魚趨光。

「男人下海，我們就不睡覺。下海以前，我會幫他禱告。」

大船下水以前，必須滿載祝福的芋頭。

「好忙啊，還要去抓螃蟹、做芋頭糕。我們婦女要給他們做一個儀式，我很喜歡我們的傳統。但是，如果有好吃的男人魚，我也會吃。」

海被各式水泥擋住，門口沒有海，門口還有飛魚。「我還會夢見我們以前的房子。」我的面前現在坐著一位長髮少女。「以前他們看不起我們的文化，現在又說要回復傳統。傳統就是一直傳，要怎麼回復？我還是會去抓螃蟹、做芋頭糕。但我不一定會去表演那個頭髮舞。」

太陽再次從海裡升起，潛水漁人依約回到陸地。他請我喝魚湯，不強迫我喝酒。「可以邀你吃飛魚，但我不會邀你跟我出海。機動船可以，拼板舟不行。因為我必須顧慮你的生命。」

島上的禁忌在有意無意之間保護了動植物，也保護了你。

「那些被濫伐的森林，現在都還好嗎？」

「樹都長回來了。」在我還不準備相信的時候，他接著說：「因為造船的人比從前少了。」

海風同時流過欖仁舅與木麻黃，發出不只一種聲響。

這個部落不只一個名字。最初的意思是人很多，一群一群人很多。大船從這裡進港。這裡有全島第一棟旅館與至今唯一的提款機。木造涼台搭在水泥堤防上。任憑愛，假借愛，這裡滿地都是隨口的愛與隨手的傷害。

「但是我們真的那麼容易就被統治嗎？」潛水漁夫穿起防寒衣，「你看到的是現代化的裝備，還要敲門看看裡面。」

◆◆

日落而息時，青年帶領客人夜訪森林。父親以節制的燈照尋找角鴞，青年負責沿途解說。犯人與軍人盤據的年代，森林周遭的道路已經暢通，一群人在不會迷路的森林裡進行過度興奮的探險。父親模擬角鴞的鳴叫，聲響被麵包樹與台東龍眼樹的枝葉吸收，被樹幹裡的家族刻痕吸收，隱身的角鴞會不會疑惑？父親的父親們徘徊在家族的林地，聽見孫子發出惡靈的聲音不得不感到疑惑。

潮濕的黑暗中，青年偷偷告訴我，剛才有個植物的傳統用途講錯了。「有的是聽我爸說的，有的是自己翻圖鑑。」回來不久的他，還有夜路要走。

夜行有伴。我們往潮間帶而去，父親負責在浪潮裡捕捉，再以上菜的方式將海洋生物拋進水窪，由兒子照光與介紹。當兒子和我們聊星座的時候，父親望著星星想起海上迷航的事。

「你不是蘭嶼人，你的論文為什麼要寫蘭嶼？」青年趁著空檔問我。

夜空是海，海是夜空。「這裡讓我找到一種父親的感覺。」這裡的小孩常常提起父親，那大概是樹與樹之間的關係，樹與船的關係，船與大海的關係。

「父親的感覺？」

「對，這裡給我父親的感覺。」

小時候，我總是羨慕那些有媽媽的小孩，現在，突然想找一個父親。

◆◆

有些森林充滿等待。有些森林走不進去。

站在潮間帶的我，想起潛水漁夫。「在我練習夜潛抓魚的前兩年，恐懼逼我拚命上去換氣。」

大海與夜空交織而成的黑暗是流刺網的黑暗。

在海洋的森林裡失去方向，在森林的海洋裡無法定位。在我感到疑惑的時候，我總會聽見年輕時的潛水漁夫入水前的最後一個呼吸，讓我也呼吸到勇氣。

野溪流過水泥河床今夜無眠。我躺在受傷的島嶼裡等待痊癒。我隱約明白，真正的康復不是傷口的癒合，日後的復健才是痊癒的開始。我在礁石上練習走路，受傷的地方需要再重建。一層一層過濾我，海浪是物理治療，是草本的藥。來自大海的父親重新認識海，剛回家的青年想要重新變成海。小孩停在礁石上，回過頭來等我。大海需要休息，大海沒有休息。受傷的島嶼繼續流轉。

海浪依然是海浪

這裡是羊島。抬頭看天空可以看見羊在天空，羊也成群結隊沿著海浪的邊緣移動。踩過馬鞍藤，踩過雙花蟛蜞菊踩成路。在清晨，夢的邊緣，轉彎躍進礁岩成為礁岩。

羊是夢境也是跳躍的威脅，牠們踐踏田地，咬碎菜葉。牠們的眼睛看你但也沒有在看你。正在水芋田裡勞動的人，輕輕看著正在攝影的你。

有些事情，看到了也是沒有看到。拼板大舟下水典禮，我攜帶相機進入部落。

維持秩序的人勸導：「要辦攝影證五百元喔！」堆滿大舟的禮芋不只五百個，這艘大舟超過五百天；一艘拼板舟是一座森林，綿延五百公斤五百公里五百年。

路窄難過，「借過借過！」芋頭與人頭，此起彼落。有人輕聲安撫大船：再忍耐一下喔，就快被浪打到。

「一直拍一直拍！我們又不是猩猩！」打赤膊運送禮芋的人，斥喝拿相機的人。「你們是明星！」她押韻，以為可以博得歡心。「那個拍照的，全部後退！不要讓老人家跌倒了。」維持秩序的人大喊。「沒人來看，你們還會這麼起勁嗎？」被擠開的人在心底抱怨。

「借過借過。」部落小徑已經淤積，穿鞋子的比赤腳的多，用鏡頭的比用眼睛的多。「借過借過。」像是划船到小蘭嶼一樣啊，汗水海水都是鹹的；老人依序就定位，吟唱禱詞，歌聲緩緩沖刷人群，流回大海。

「誰把木梯拿走了？這樣我們怎麼下去？」清晨就到屋頂占領視野的人們開始慌張。「誰叫你們沒有經過同意就踩人家的頭頂。」屋裡的人喊。「站在這裡，等一下殺豬的時候才不會被逃跑的豬撞到啊！」

雨水淋濕木麻黃，淋濕老人的歌。「昨天晚會放完煙火就下大雨，害我淋雨回民宿！」屋頂持續傳出抱怨。天空決定澆熄擠在地面或是占據屋頂的人類嗎？拼板大舟想不想各自長回樹木？麵包樹，台東龍眼樹，果實落地如音符。

「來了來了！」按快門，閃光燈，「後退後退！」警員吹哨維持秩序，推動人群，產生波浪，「喂！再後退就要掉下去了啦！」誰來了？到底看見什麼？「不管了！我要游到那個礁岩，這樣看得最清楚。」語畢即跳海。逃難氣氛攪拌輕便雨衣的摩擦聲。拍照拍照，擠在我前面的人，高舉數位相機，我從他的螢幕看見大船從天而降。

陰天是鬼頭刀逐獵飛魚的濃稠陰天。剩下海浪的音響時，一群羊踩過半完工的水泥堤防，踩到雨衣也沒有滑倒。一隻羊盤據一顆消波塊，各自休息。

有人說對岸的礫灘上都是屍首，樹的屍首；蒼白的海浪抖了一下，然後加速撤退；浪花會讓擁擠的漂流木感到苦澀嗎？老人說，還沒見過這麼大的海浪。羊與海浪什麼都沒說。

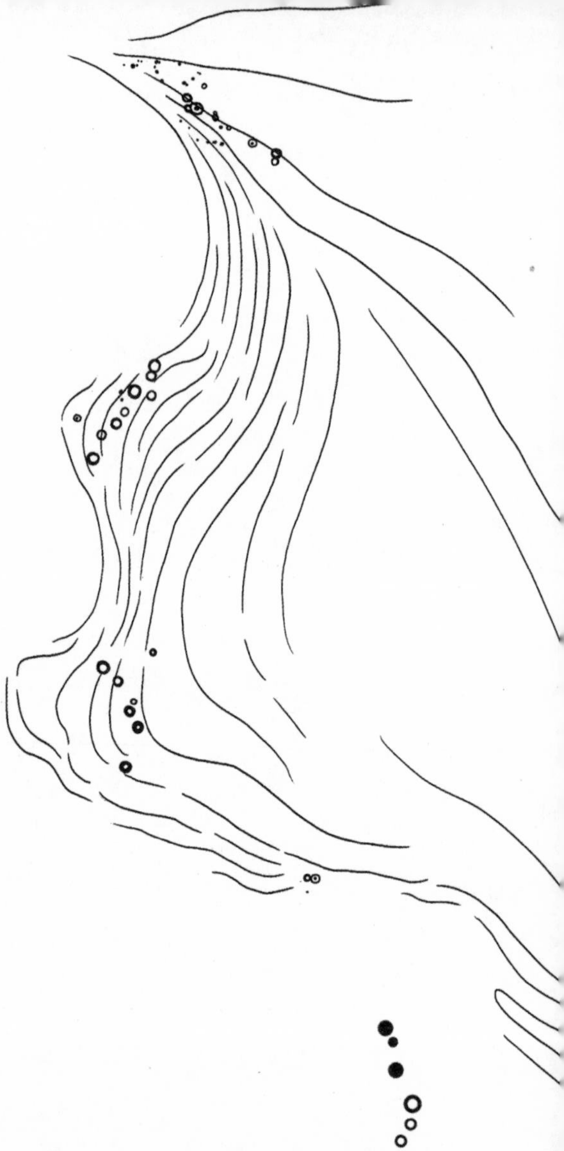

海邊的小孩

這裡本來沒有路燈，日落而息時，直接躺進涼台，海風就是禮物。這裡，本該有一個涼台，在主屋旁，現在這裡成為清洗防寒衣的地方，疲憊的潛水鞋各自朝向大海。

馬浪隨意擺出幾張塑膠椅和折疊桌，部落廣場的角落就成為臨時的客廳。他捧來一個臉盆，臉盆裡是切好的西瓜，「自己種的，儘量吃。」馬浪再從屋裡拿出兩根木杵，「這是我的，這是小兒子的。忙到還沒幫他畫上圖案。」飛魚季進入尾聲，「晚上的飛魚和白天的客人都很重要。」他讓兩根木杵倚靠在牆，猶豫著要不要先帶頂樓的那群大學生去夜觀。

日落而息時，部落動員練習搗小米。大家都來廣場集合了？裸體的幼兒也在場邊興奮跑跳。「小米收穫節」就快來，有人還在台灣沒回來。

他們不是演員，卻還是需要排練。領頭的耆老聲勢充沛，有人向他請教彎腰進場的動作，老人一邊示範一邊向年輕人詢問耳掛式麥克風的戴法。每個老人都是老師，年輕人揣摩老人的歌聲與姿勢。每個老人都在回憶的海浪裡撒網，一個老人一種動作，每個老人的回憶都沒有錯。

兩根木杵倚靠在馬浪民宿的牆壁靜靜地聽，遠看像是休息中的一對槳。

◆◆

沒有人給我杵，我也沒有槳。我踩著單車在環島公路繞，怎麼繞也繞不進部落。關於這個島嶼北邊部落的名字，最初就是「很有禮貌」的意思。未獲邀請就闖入他們的日常生活，未免太沒禮貌。這個部落明顯分為兩半，一半是舊部落，一半是距離公路稍遠的國宅區。舊部落外圍的外圍是商家與藝品店。一群人把租來的機車停好，來到灘頭與拼板舟合照，好像也就來過大海，好像也就接近達悟。

簡易碼頭沒有船。簡易碼頭的堤防是跳海玩水的好所在，部落小孩放學就來，沒去上學的也來。簡易堤防特別增設了簡易護欄，可以在堤防上散步，眺望另一半的大海，卻看見，另一半的，被堤防擋住視線的另一群消波塊。灘頭停泊的拼板舟的船眼看見的，一半是大海，一半不是大海。

我在灘頭繼續等待，一個剛出水的小孩問我：「怎麼不去游泳？」像是餓了就該吃飯。他讓我想起當年和我沿溪找蝦的小孩，而我正在等待這個少年依約前來。

再次見面，我們都多了幾個傷口。「這是晚上抓陸蟹不小心撞到的，這個是被水母電到的。」說得好像同時在畫地圖；讓我看見那條水泥野溪，讓我看見堤防大海。當我遇見他的時候總有三個人，看不見的那個，大概是十五歲的我。

「一起去找鰻魚？」他提議，十五歲的我搶先答應。「如果抓到鰻魚，我就不去台灣了。」想起初相見，他一開口就問我要不要吃他家的風味餐。夏天堆疊夏天，海上的積雲堆疊積雲，這是少年在島上的最後一個暑假。

◆◆

我提前抵達「小米收穫節」的會場，聚集成塔的小米撲面而來。在這個作為入口意象的小米塔底下，島民陸續堆疊收成的西瓜。收穫節的宣傳旗幟從港口飄揚至部落，像是激動的魚鰭。

我已經提前抵達，但還是錯過小米祭。有人說，真正的小米祭已經在部落裡以傳統的方式舉行完畢。舉行小米祭，意味著飛魚季的結束。海陸都吃飽，有吃飽就好。成串成堆的小米裡有島民的祈求與感謝成串成堆，這次的兩千兩百二十束小米有兩千兩百二十種以上的謙卑與珍惜。暑假前就已經讓飛魚休息了，現在才趕來的人，也只能趕上一半的小米祭。

儘管操場周邊的攤販帳棚像是園遊會，島民依然盛裝出席。老婦慎重地配戴飾品，柱杖進場，晃動的聲響讓她們的每個步伐手勢都是歌舞，都是儀式。

穿上丁字褲的少年們，有人覺得害羞，「你就當作沒有觀眾，他們都是地瓜芋頭。」父親邊走邊說。丁字褲的布料少得危險，卻曾經是最安全的自我保護。

父親的父親們打頭陣，偶爾必須分神調整麥克風，也不妨礙讓自己的身體成為海浪，麥克風接觸不良就像海浪摔進消波塊，麥克風突然沒電也無法讓他們退潮。「上次舉行收穫節是七年前，」大會主持人代替耆老發言，「下次，不知道。」

後浪堆疊前浪，輪流來到臼前的年輕父親們，舉起木杵像是抽光力氣呼喊海嘯，一次俯仰就是一次海嘯。釋放的父親們引路在前，汗如暴雨，淋雨的孩子們趕緊跑步跟上。

操場中央有時擺放四個臼，有時六個臼。有遵循傳統的演出，也有創新的形式。一半部落，一半國宅。有象徵陽光四射的隊形，也有感謝主的十字架隊形。隊伍裡有不曾離開島嶼的人，也有離開以後負傷回來的人。

觀眾的掌聲與歡呼淹沒在他們的凝神之中。一搗，一拔，搗下是砍樹，拔起是收網。搗小米是為了離家的孩子，為了簡易碼頭。一搗，一拔，搗下是祈禱，拔起是抗議。示範的父親們在太陽的雷陣雨裡跳舞，不管場邊到處卡位拍照的觀眾努力遮陽補防曬。搗小米熱鬧滾滾但其實沒有觀眾。

後浪堆疊前浪，教練帶領放暑假的少年們出場，有人在背後寫上「傳承」兩個字，隨著汗水的沖刷漸漸變淡。

收穫節落幕前，耆老在海風中把木杵遞給小孩。是傳承，也是種植，種植現場的每一隻孩**籽**。舉辦這場多出來的小米收穫節，等待小孩回來，看看他們願不願意隨後跟上。

◆◆

少年坐在灘頭，等待經營民宿的父親在海裡推著拼板舟送客出航。

有些拼板舟不是為了飛魚，是為了隨著飛魚而來的人潮。我看過拼板舟的各式船眼與十字架。有人在船身畫一尾微笑美人魚，有人在拼板舟的內側畫鬼頭刀逐獵飛魚。我也看過有人替拼板舟裝上輪子，甚至在拼板舟的底部附加馬達。有人在拼板舟寫下電話號碼，想體驗划船樂趣就打給他。

父親是拼板舟的動力。少年的父親穿著蛙鞋在海裡推著拼板舟，舟裡是穿著救生衣耍弄木槳的客人。

父親在拼板舟裡畫了滿滿的飛魚，「不是為了祈求飛魚，而是為了補償這艘船沒有感覺過真正的飛魚。」在傳統的花紋之外再畫上其他圖案，難免惹來父執輩的責罵。「這艘拼板舟，生來不是為了飛魚。」這是一艘只有一半的拼板舟。一半也可能是完整的一半。

父親把拼板舟推向簡易碼頭環抱的海裡。特地增設鋁梯以供浮潛客上下的簡易碼頭，碼頭裡的風平浪靜讓這裡的海更像一個泳池。是泳池所以更可以穿著救生衣玩跳水。父親把拼板舟推離跳水的人群，避免擦撞。泳池裡的父親用手機幫舟裡的客人拍照留念，就像岸上的另一個父親也握著手機幫跳水的人拍下跳躍瞬間。

少年坐在灘頭等待父親返航，馬浪已經沒有足夠的力氣把拼板舟推進灘頭。一群人在簡易碼頭旁，忙著搭設游泳水道，這又是另一種泳池。

堤防上的護欄經過一個夏天已經歪了兩三根，它們在等待更大的風浪。我和少年坐在被水泥環抱的部落灘頭，簡易碼頭的安全是危險的安全。這些舊水泥，那些新水泥，全部都是以愛之名，都是粗心大意的愛，沒有禮貌。

「唉，還沒抓到鰻魚！」少年說著說著，就躺了下來。

那天我們在溪的出海口找到不知是誰設下的陷阱。少年在鰻魚落入陷阱前把鰻魚攔住，「抓到這種的，不算啦。」他放走鰻魚。

最想離開的地方，可能就是以後最想回來的地方。

離開是為了回來。哪裡是可以回來的地方？我搭船前往這裡，有時也像是回來這裡。

島上還有過期的時間來回擺盪，我總會在島上遇見當時那個沒有完整長大的我。我看見我在水邊跑跳與尋覓，尋覓我所錯過的另一半。

「水道搭好了，我們去游泳！」少年奔向大海。他的衝刺可以扛起他所途經的各式消波塊。

夏天是忙碌的季節，游泳與划船比賽接著就要來。除了例行的比賽，父親們還要冒犯禁忌，為孩子示範海上自我救援，讓危險稍微安全一點。海裡的孩子剛回來，需要這種安全的危險。

來去的海浪催迫，來去的海浪挽留。

夏天結束以後，少年已經不在。小米收穫節結束以後，我還記得表演正式開始以前，一個穿著丁字褲的老人在進場前，逗留在入口的小米塔旁獨自吟唱。我聽不清歌詞，但可以感覺海浪愈來愈近。周遭有人在爭執攝影證的費用問題，有人遺憾這次沒有煙火晚會，沒人看見珠光鳳蝶從小米塔飛出來時遺落的流光。我安靜地站在老人身邊，參加他的小米祭，讓他把我帶回他的少年時。

◆◆

有時候，不知道該怎麼辦的時候，我就會像少年一樣，躺在地上。天空在眼前，海在手邊。

後來，少年在手機訊息裡告訴我，七月的颱風把他們的船連船艙一起吹走了，他們正在等新的船來。還沒划過拼板舟的少年，搭乘高速客輪來到另一個島嶼接受輕艇集訓。「我自稱自己是感覺型選手，我划船的狀況都是用感覺決定的。」用輕艇的感覺，感覺拼板舟。新購的輕艇正要來，未來的拼板舟，將來未來。

深夜雜貨店

有人出發是為了回家，有人出發是為了找家。就像東部的客運裡，時而健談時而沉默的司機與副駕駛座上的乘客。旅行中的某些時刻總是可以更專注地聽，好像那人是在為你而說，總是特別有話想說，好像可以找到暫時的答案，而且還，交換了故事。就像，東部以東，那個島上的環島公路。起站就是訖站，每次的出發都好像回家。

十年前第一次住進的民宿十年後總會不定時再訪，民宿老闆是蘭嶼人當然不姓李但總是對外自稱李大哥。自從第二次住進李大哥的家以後，李大哥見我總是說：「你回來了。」而不是你來了。隔海電話裡，總是問：「你什麼時候要回來？」

每次的出發都好像回家，回公車司機的家。要不是真的只有一條永遠修繕中的水泥公路可以直線繞圈，我總覺得，隨性的司機肯定會把公車開成自家休旅車。事實上也真的是洋溢著休旅車的氣氛——對於某些願意不騎機車的觀光客來說，就是這樣；司機自己也會這樣：「今天划五下出去就有魚！」蘭嶼公車對於在地居民，就是那些看起來真的很老卻很有活力的老人而言，則是搭去工作的通勤車。

很老卻很有活力。上次回到李大哥的民宿，這位自稱蘭嶼「第一間民宿」兼捕魚種地的勞動者，第一次對我喊累。「抱歉啊，這次都沒有給你吃魚。」原來是，九十多歲的父親，騎三輪機車在殘破的水泥公路上飆車，「前輪都掉了還加速！」結果摔到骨折，必須由他這個比較年輕的老人負責日夜照護。我繼續像個遠方親戚聽著他說著生活甘苦。

就好像坐在公車司機隔壁的座位聽他說。說他小時候的早餐吃最新鮮的生魚片，去雜貨店買豆腐乳回家拌著地瓜吃。沒有媽媽，但有爸爸造舟剩下來的木頭可以燒來取暖。幫國小老師抓青蛙、撿木頭，這大概是每一個蘭嶼男孩的共同記憶。當了爸爸以後，每逢螃蟹慰勞節，後來也沒有人在家煮螃蟹等你回家。

想要回家。曾經因為船隻故障而在海上漂流三個夜晚。鬼頭刀來到船邊環繞，聽起來好像電影的情節，這樣環繞，真的遇到的時候，蘭嶼男人沒有恐懼，反而繞出一種陪伴的感覺。好像附近就有飛魚。被救的那天，「就是自己的第二次生日。」

直到現在終於回家，家裡常常會有遊客像小孩喧鬧一樣離開民宿以後亂七八糟，「我沒有請小幫手，我自己就是小幫手。」駕船出海抓魚抓小卷的公車司機也在經營民宿。他的民宿是民宅，不是假農舍，也不是新造屋。

我說：「下次再來搭你的車。」搭你的車，說得好像，下次再來你家找你。

上次回到部落參加路跑賽的時候，由於報名的人數不多，而且第一次來蘭嶼的跑者往往都因為風景而放慢腳步拍照，跑者之間的距離拉得很開。這是一場沒有交管的馬拉松，中途還遇到幾個不知情的居民停下機車詢問是否要搭便車。當我在一個長下坡一邊緩煞一邊衝刺的時候，讓我停下腳步的，不是下坡盡頭無限展開的大海每次都像第一次看見，而是，我遇到正要開車去鄉公所開公車的司機，看見我，對我舉起雙手，喊了一聲：「好棒喔！」

第一次在路跑的時候遇見有人為我加油，好棒喔，說得好像我剛學會走路的那種歡呼。完賽紀念獎牌不是那種刻字圓盤，是一艘立體的不鏽鋼拼板舟。是我在蘭嶼第一艘自己跑來的船，我的陸上行舟。

◆◆

有人在浪裡撿到來自夏威夷的瓶中信。有人穿越礁岩尋找各式浮球與漂流木。有一群人在海邊淨灘，滿載而歸以後覺得自己的某些角落也變得比昨天乾淨。

有人在小時候的部落灘頭撿到珊瑚寄生寶特瓶，這樣的一支寶特瓶，讓他決心把那些漂洋過海的寶特瓶一個一個收進他的綠色網袋裡，在寶特瓶被岸邊的無根草纏繞、緊緊包覆之前。卡在礁岩裡的寶特瓶不易拔取，就算瓶裡沒有來自遠方祝福的信，瓶裡總有各種過期的液體與氣體，引人猜疑。「整個夏天我們都在殺寶特瓶。」拖著一袋又一袋寶特瓶的阿文說。

有人在地瓜田裡蓋民宿，阿文在父親的地瓜田裡蓋寶特瓶屋。

整座小島的寶特瓶餵養寶特瓶屋慢慢長大。

把一個又一個整型後的寶特瓶埋進未乾的水泥牆；用美工刀把寶特瓶割出翅膀、殺出飛魚的模樣。飛魚季節以來的整個夏天，海上的寶特瓶洶湧而來，落地生根。

從前的地瓜田，現在的寶特瓶屋。屋外有一個「咖希部灣」——蘭嶼話的意思就是「堆垃圾的地方」。並非所有的垃圾都可以順利回收，咖希部灣堆放著壓縮後的鐵鋁罐磚、寶特瓶磚；懸掛其上的寶特瓶飛魚在海風裡擺盪，是裝置藝術，是壓縮後的沉默警語。

阿文開著貨車環島，回收各部落的網袋，堆疊復堆疊的網袋裡都是空虛飽滿的寶特瓶。

日出而做，日入而息。小島日出海而做，卻也經常都是日入海而不能息。路燈與招牌燃起回家的陸路，更晚的時候，火把與頭燈燃起養家的海路。小島的夜晚比去年還亮了，夜晚愈拖愈深愈冗長。田裡的工作告一段落，阿文回家，回到他的雜貨店。阿文的雜貨店不在環島公路綿延的燈下，必須轉彎再轉彎，在部落愈來愈曲折的夜裡，那裡還有一處燈火在燒。

白天的雜貨店是交換。用貨幣，交換菸酒罐頭，交換左右手各一瓶搭船而來、含運的維士比，或是冷藏的寶特瓶。「沒有蛋了？」客人問。「船沒開，想吃蛋要自己下了。」

在這裡，有時我是一個負責交換的店員，當阿文晚上不在家的時候。當一整個白天的疲勞愈積愈沉重，於是坐進涼台暫時休息。你看看今天晚上的海，你感覺一下風，箭在弦上，這樣的夜晚你說怎麼會不適合漁槍。沒有漁槍也該去放龍蝦網啊，滿月會有龍蝦，這浪聲讓人可以聽見龍蝦。

店的招牌不必點亮，也會有人摸黑前來。

有些小孩離開學校宿舍以後就會去「阿文叔叔那裡」，每個週末的夜晚，會有幾個平日住校的國中生，聚集在雜貨店附設的木頭桌椅，一邊寫功課一邊交換零食。他們也會借用雜貨店的廁所，阿文跟我說，「廁所可以借，但不要告訴他們 Wi-Fi 的密碼。」

這個夜晚，我收到有人遞給我一個早已不再流通的硬幣，想要交換一個寶特瓶。當我收到這樣斑駁沉重的古物，好像我這裡其實是一個當鋪；他遞給我的，其實是更有價值的，我會等他有一天再回來贖。

我終究不是一個商人，這裡畢竟仍是一個可以賒帳的店鋪。「鍾馬來，15元，10／13」這樣一張紙條，以透明膠帶貼在收銀機：「表姊，三瓶金牌，一罐沙士，明天付錢」

這裡的客人，常常都是手裡握著錢，把選好的商品陸續擺在櫃臺，「先幫我算算這樣多少錢。」然後繼續觀望冰箱與貨架，「兩百八十五元。」我告訴他。「太好了！還可以再買一瓶麥香。」我常常和他們玩著這樣的湊數遊戲。可以讓手裡的錢剛好全數用盡，似乎會是一種好運。有一個老人，每天都來買一瓶米酒，然後顫抖地把米酒塞進短褲的口袋，再以衣襬覆蓋，覺得沒有人看到，但其實大家都知道。

有人神色匆匆來店購買手機預付卡，請我幫他安裝。在這樣一個夜晚，在他急切又信賴的眼神委託裡，我知道，我再怎麼沒有使用過預付卡也會幫他完成設定。

阿文說，開雜貨店是為了服務鄰居。本店提供老人限定的外送服務，店裡櫃臺放的也是「居家關懷協會」的零錢募款箱。本店也提供影印列印傳真的服務，「小孩都在台灣讀書，家長有時會需要傳真戶籍謄本或是證件影本。」

沒有電話的時代，山頂的氣象站，跋山涉水傳遞遠方親人的電報。

仍然住在地下屋裡的老人，即使屋內通常已經安裝各種新近影視設備，常常都只是讓電視開著，只是要讓人聲陪伴自己而已。當他們隱約察覺到自己的時間趨近結束，他們會去準備最硬最耐的木頭，緩慢地，趕在時間淹沒之前，製作一把最好最後的禮刀，守護自己，陪伴自己。

我在深夜雜貨店的櫃臺裡站哨，想起那天和阿文去給他那八十多歲的二伯修整地下屋的天花板。手持工具與木板，身體在窄仄的空間裡伸展自若，像是在跟房舍問候問診一樣地整修他們漏雨的天花板。

工作結束以後，我又半推半就喝了半杯保力達。地上的酒滴，引來螞蟻。我一邊閃避著、逗弄著螞蟻，一邊聽著阿文和二伯用蘭嶼話聊著往事。說是二次世界大戰以後，在海邊玩耍的小孩，撿到了一顆奇怪的球；很硬，但不是石頭。直到爆炸以後，才知道那是手榴彈啊。

你們說的都是真的嗎？就算不是真的，我也相信。就算我知道你在吹牛，在這裡的我，通常都是準備相信的。看你們笑成那樣，就算我聽不太懂，我也因為你們的開懷大笑而笑了。大概我身邊的老人通常都是悲傷無語的，而你們，總是可以坐在地上笑到四腳朝天。

坐在地上，坐成一種涼台。雜貨店就是一種涼台。

進涼台請脫鞋。進入阿文的雜貨店也必須脫鞋。

赤腳聚在雜貨店的門前涼台或是店裡的地板上，說故事、下象棋。米酒伯朗咖啡，保力達麥仔茶，舒跑竹葉青。有時也會談些嚴肅的話題，譬如天池下面那個垃圾掩埋場即將爆滿，譬如潮起潮落的反核，「那個龍頭岩底下都是寶特瓶！」又譬如，據說隔壁部落就快要有第二間超商。

超商也是自己人經營的啊，店員是親戚，店裡公告的「歪壞密碼」，就是誰的手機號碼。只是比較高級一點的雜貨店而已，只是有賣奇巧的微波鮮食而已，只是多了一堆集點貼紙，只是可以退車票與機票而已，沒有書店的蘭嶼，只是終於可以網路購書然後在超商取貨而已。

在這樣一個人的夜哨裡，我會想起那天我和阿文在涼台吃著過時的午餐：熱白飯配貨架上隨手拿來的茄汁鯖魚罐頭。「家裡的伙食費又不夠了。都沒有菜了。」在阿文哭笑不得的表情裡，洋溢著一股走投無路的信心。

阿文的雜貨店招牌上寫著：「您要的，我大都有賣。」

店裡菸酒零食不會少，如果貨船如期到來。2GB記憶卡、暈船藥、兒童玩具槍；蘭嶼的幼兒園隔壁就是火力發電廠，阿文的雜貨店一進門就會發現貨架上各種熱鬧鞭炮與繽紛煙火，簡直彈藥房。阿文從回收寶特瓶到現在忙著趕工寶特瓶屋，店裡的冰箱與貨架上也矗立著成群的寶特瓶，每天結帳補貨缺貨，我感覺這才是活生生的寶特瓶屋。

阿文開著他的貨車載我到貯存場旁的荒地，荒地被八丈芒包圍，那裡也是偏離環島公路才能窺探的密境，那裡堆疊的都是廢棄車輛撞進廢棄車輛，究竟這是誰的掩耳盜鈴？遠方的夕陽正在下海，遠方的大海看似依然寬容多情，這風景令人泫然欲泣。風景裡的風景，我看見，寶特瓶裡，還有寶特瓶。

每天都有人來店裡買寶特瓶，只有那麼一個晚上，我遇到兩個人來買煙火。兩人先是結帳結了兩瓶酒和一個小蛋糕，難掩興奮，其中一人還是忍不住提議：「放個煙火好了。」原來今天有人生日。

煙火種類豐富。「多喜多財」、「嘉年華」、「大都會」，聽起來都是喧騰有餘的慶典。兩個人挑啊挑，最後買了「降落傘」——這堆瘋狂煙火裡面最低調的，最沉默也最不精準的降落。落到海裡，落到潮間帶，落到誰家的田裡。降落以後還有很多餘韻與後續，我們務必都要好好面對降落的時候啊，可以的話，可以請你在發射以後，順便去海的那邊把你的生日祝福撿回來嗎？結帳完畢以後，我還是只能對他說一句：「生日快樂。」

也像是對自己說。每次去醫院，檢查報告揭曉以後，我都會輕聲對自己說：「生日快樂。」準備搭船回台灣複診的前一個晚上，我一個人顧店。像這樣一間營業到將近十二點的商店，究竟是為了什麼樣的夜行動物服務？晚上十點以後的客人，買的通常都是泡麵或零食，當然也會有酒，可能一個人喝，如果阿文也在，可能就會在店裡坐下，和阿文對飲，但那晚阿文不在。「十點三十五分退潮，我出去一下。」店裡的電視機通常整天作響，今晚我想把電視關掉。那天最後的客人，問我怎麼沒在看電視，「有啊，我在看沒開的電視。」

我在等阿文回來，是因為倒數第二個客人來找阿文的時候，我說阿文去海邊，說得就好像阿文只是去廚房拿魚一樣。「這麼晚了，他一個人去海邊，很危險啊！」經他這麼提醒，我才驚覺，阿文連手機都沒有帶。

阿文是蘭嶼的小孩，海邊不是危險的，他一定會平安回來。我努力聽著遙遠的海浪聲，直到阿文一身濕也一身汗，從側門進店裡，打開冰箱拿出一罐蘆筍汁，話也沒說直接喝完。

是龍蝦。阿文去抓龍蝦。端來的盤子裡，是剛上岸不久，已經煮熟的龍蝦，阿文說要祝我一路順風。

◆◆

白天的雜貨店是交換，深夜雜貨店是用來陪伴。

準備搭船去台灣複診的那天早上，我坐在屋頂吃早餐，看見住在地下屋的一對老夫妻正準備出門。在這個島上保留最多地下屋的部落，每個新鮮的早晨，總有騎機車戴安全帽的人，趕來參觀他們的老屋。你看我，我看你，一旁散步的豬與雞才不管你。即使時序已經入秋，他們總是來得比第一班公車還要早。

每個走出家門的老人，身上都攜帶著沉重的作物與包袱，歪斜但穩健。每一個被海風鏽蝕的公車站牌，都是一個只有自己才知道的、親密且珍惜的勞動地點的入口。在這個舊時代廢墟環繞的島嶼，廢棄的監獄裡有人持續闢地種菜，失修的蚊子館裡有休息中的拼板大船。

舊時代的軍事指揮部，十年前已經是資源回收場。那時總在謠傳會有什麼新的建築要進駐。

資源回收場迢迢搖身變成鄉公所辦公大樓全新落成。新落成的建築，從最早的軍事指揮部開始，其實就是聳立在誰誰誰家自古以來種地瓜種芋頭的土地被搶走。

童年親手種下的樹被砍走，你砍走的樹是我的船，我的船是我的魚，魚就是我。

有人收集寶特瓶去鄉公所換醬油。有人收集寶特瓶蓋房子準備做為環境教育的空間。低頭彎腰的阿文有時覺得撿拾寶特瓶就是在贖罪。

老夫妻準備搭公車去山的那一邊，盛裝好像要前往某個遠方。「不去山上，今天要搭老人的娃娃車去逛街。」老夫妻要去農會採買日用品。後山這邊的售價通常比港口農會那邊還要貴一點，農會附近的超商則是再更貴一點。

老人娃娃車緩慢奔馳，環島半圈抵達農會——被颱風吹垮又重建的農會。農會門口的小型市集浪潮澎湃，無論再來多少個颱風照樣吹散又聚攏。半個小時以後，會有第二班公車悠哉經過，採買完畢的老夫妻應該趕得及上車，滿載返回自己的部落，公車小姐會幫忙上下車提貨。如果不小心錯過公車，乾脆坐在地上聊天說海，就好像回到小時候那個赤腳面海的涼台。

路邊市集，路邊野餐。「以前我們部落的雜貨店是在海邊的涼台那裡，那個時候我還是小孩子，有時我們都會去涼台那裡偷糖果吃。」只要開始追憶小時候的雜貨店，再老再疲憊也會忍不住笑意洶湧。不想偷糖的小孩，也可以摘木耳去換。

小孩偷糖果是可以被原諒的。童年被偷走，怎麼能原諒。

穿越水泥堤防追憶小時候的海。穿著鞋子踩進小時候的涼台。第一次在部落灘頭看見貨船與客輪。第一支寶特瓶漂洋過海。第一間雜貨店隔壁開了第二間。阿文在想，即將要有第二間超商翻山越嶺而來，早已是蘭嶼8—12的深夜雜貨店應該如何繼續複合式。

「還是先把寶特瓶屋蓋好吧！」阿文去田裡，我搭公車去港口搭船，沿途遙想著地瓜田裡的寶特瓶屋在飛魚季節即將落成。這天的進度是在寶特瓶屋的屋頂覆蓋一層土，土裡種地瓜，屋頂的地瓜田即將帶來豐饒的感覺。

大海相偕飛魚循環流轉，小時候的風景與我們仍會一直慢慢長大。

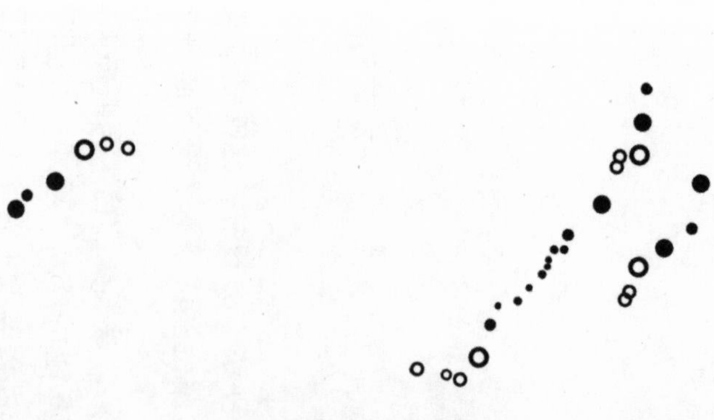

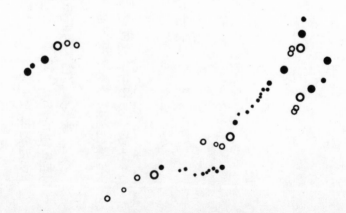

在我什麼都不是的時候

深夜雜貨店，櫃臺站哨要領之一：要記得，你抽的是哪個牌子的菸。只是聽見你把機車停妥，就把你抽的菸準備好。「早上買過了，晚上不買了。」他說今晚戒菸。

我想起很久以前，海圖把這座島嶼稱做「タバコシマ」，菸草之島。菸草是菸草，菸是菸。我在雜貨店聽見混進蘭嶼日常對話裡的第一個日語單字，就是「タバコ」。

接著是酒。有人拿了一瓶紅標料理米酒放在櫃臺，旁邊還放了一個自備的空寶特瓶。結帳後，「你不幫我嗎？」他一邊說著，繼續滑著手機，「幫你把寶特瓶拿去回收嗎？」

後來我才知道，我的提問很不上道。原來是，除了幫他開瓶，還要幫他把米酒倒進空的寶特瓶。危危顫顫地斟著酒，卻也剛剛好，沒有溢出。

下次，他一早又拿著舒跑空瓶來，我就知道了。舒跑不是舒跑。我還知道，特級紅標純米酒搭配的是三百三十毫升的礦泉水寶特瓶，倒進整瓶，也是恰好。沒有人知道，但其實大家都知道。

寶特瓶不是寶特瓶。雜貨店不是雜貨店。深夜櫃臺站哨，想起秋天的雨夜，我第一次走進阿文的雜貨店，沒有客人，櫃臺也沒有人。我是客人，但我不是來買東西的。

那幾天總是小雨大雨急著回到海裡。連日多雨的蘭嶼，天空也是海。雨具是多餘，走在一側是工作森林，一側是風雨大海的破碎水泥路，置身雨中讓我更在其中。當我抵達咖希部灣，看到眼前這群壓縮成磚的鐵鋁罐與寶特瓶，如果推門再往裡面去，還有一座搭建中的鋼骨架構。我沒有進去，我只是對著鋼骨架構無聲地喊了幾句，像是亂丟一些不可回收的垃圾。

咖希部灣通往深夜雜貨店。「你是阿文嗎？」當我這樣問起。「你是學生，還是記者？」阿文知道誰才是真正來買東西的客人。「我什麼都不是。」

阿文說，暑假結束，夥伴都回台灣了，「我們這裡不叫小幫手，這裡都是夥伴。」我不是來面試打工換宿，我只是有點疑惑，想來聊聊天而已。下午經過咖希部灣，木牌寫著「進來聊天不用錢」，不是一般回收場或掩埋場的「內有惡犬」。阿文說著說著就去捧來一疊文件，「這是我們去香港論壇的，那是去台北募款的，還有驅逐惡靈的，」緩慢的語調挾帶迫切的心意。阿文說，蘭嶼這裡只要有一個人反對，事情就無法成立，多數必須想盡辦法說動少數，讓少數轉意。

聽起來像是跨出同溫層去談判。誰是堅韌固執的雞蛋，誰是偷工減料的牆。在這樣一間深夜雜貨店，只有裝滿寶特瓶與酒瓶的商用冰箱運轉聲給我回應。「我明天也要回台灣了。」

沒有名片可以交換，隔天我們在港口交換電話號碼，阿文把我的電話輸入他那不是智慧型的手機裡：「阿，暉。」我在甲板回望蘭嶼愈來愈遠，那是十年前背著背包騎單車不停環繞的地方。十年後的我，沒有跟阿文說，什麼都不是的我，如果這是我繼續活著而且經過咖希部灣的理由，如果，我還能再做一件事。

「家裡有住的地方。」阿文在跨海電話裡說，「等你回來以後，我們就，」收訊不太好，我聽不清楚他提起很多次的霧茫茫的計畫這次是指哪一個。相鄰的兩座島嶼忽遠忽近。

待我再次進港，在阿文家裡，每天清晨，總會在手機鬧鐘響起前五分鐘就自然轉醒。如果這時已經有人來買東西，我就是提早為這樣的人開門的。環島公路旁的那間大商店，清晨開始營業，我們這間睡得比較晚的雜貨店，只好把營業時間往夜裡推長。

第一個客人通常是阿文的媽媽，她來買八寶粥、舒跑和花生仁湯，準備帶去山上的芋頭田。這時我就可以暫時放下手邊的工作，門也不必鎖，載她前往山的入口。我的車速很慢很慢。抵達後，交換一句簡單的蘭嶼話，再加速趕回來煮早餐。

如果有時天氣太好，像我這樣對手工建築缺乏實作經驗的戴眼鏡的人，阿文也會邀我一起上工，「一起去田裡曬太陽！」如果有時天氣太好但是阿文心情不好，也許他就會跑出去找一個涼台睡上一覺。有時我會在店裡的櫃臺等人，有時我會在面海的涼台等人。

阿文告訴我，當時在各個部落推廣寶特瓶回收時，「也是每天帶著保力達，一個涼台一個涼台喝下去。」我沒有隨身攜帶菸酒，我只是坐在部落的大涼台看海。一個人坐在這裡的時候，比較容易遇到另一個一個人。來到涼台的人，都需要休息，可能也需要說話，或者都需要不說話。在幾乎沒有遊客的十月下旬，海風吹動，心事飛散，在這裡亂丟垃圾也沒關係。

離開涼台，有些影子還在原地，下回再敘；有些故事被我帶走。有時也會在路上遇見當年的幼兒園小朋友，我們曾經在火力發電廠旁日夜呼吸，他們現在都是小學生了。當年他們小班開學的第一天，也是我的第一天；其中一個忍到午睡時才哭出來的小孩，那天我再遇見他，他在路邊玩滑板車。他是班上唯一看過雪的人，「因為大連有雪。」

他舉手對我說。這次我終於見到他那來自大連的媽媽。「他們二年級全班只有四個人，其他三個住在隔壁部落，有點遠，他都自己玩。」沒有雪，也不能靠近海邊，即使是蘭嶼的家長，也會告誡小孩，海邊危險。

在這樣一個熱帶島嶼裡，她和她那來自台東的丈夫，在部落邊緣地帶經營合菜餐廳，每天都在家裡備菜、編織手環，「我很喜歡蘭嶼啊，喜歡這裡漂亮的海。」那種喜歡，就好像遊客一樣的喜歡。

我在這裡的環島公路繞啊繞，濱海列隊的林投像是鐵蒺藜。我遇見一個小青年，經常會來店裡買碗裝泡麵，使用店裡的飲水機把麵泡開，那天是個雨天，他穿越我和夥伴正在撐傘煮飯的廚房，可以稍微躲掉一些雨，他就這樣捧著滿溢的碗麵，通過廚房的側門，繼續淋雨回家。因為錢花光了，只好從台北撤回。有時跟他聊起「蘭嶼」，他總會說：「我都不知道有人會這樣形容我從小長大的地方。」好像我們談論的不是同一個地方。

雨天與雨天的空檔，我會刻意走進中橫公路，找一個轉角，遠遠地、高高地看海。已經是十月了，在這裡做什麼應該都不會被發現。做什麼呢？其實只是打電話回家。明明山裡收訊不好，但即使是山下，還是有很多收訊的死角。某次我又坐在公車司機旁邊的位子，司機突然放慢車速，這裡沒有站牌，這裡是小島的北端，已經是東北季風的時節。啊，因為再過去就是收訊不良的區域，司機停車是為了讓正在講手機的乘客把話好好說完。說完，我們的車才緩緩啟動，擠進強風裡。

小學生的紙杯小話筒，聯繫兩端的棉線。青菜水果夠吃嗎，要不要幫你寄去？那麼多人你晚上睡得著嗎？蒼茫遼闊，忽然覺得我是天空底下最壞的兒子。請懲罰我赤腳跑步回家。徒步上山，在山頂的氣象站，遙想沒有電話的年代，只能透過電報打字傳輸，「兒子下週帶米回家。」那大概也是，節儉不說垃圾話的年代。只能徒步上山，落後的跑者只能邊走邊跑，嚴峻的坡道，即使全程慢跑，看起來也像是在走路。赤腳徒勞，散漫遙遠。我很認真在跑步，請別說我在走路。

父親是長途電話裡的父親。我們都知道距離愈遠其實是想更靠近。現在的我不能放棄每一次可以對話的機會，趁著還能受傷的時候。還能負氣地前進，只有在負氣上坡或操場逆時針向前的時候，才會覺得自己這樣坎坷疾走是我緊緊把握、腳踏實地的僅有的正確。

跑者的下坡比上坡危險。那天阿文帶我們幾個夥伴去幫他的二伯修理地下屋。房子是自己蓋起來的，哪裡脆弱，哪裡損傷，自己都有預感。離開二伯的地下屋，阿文說：「我很老以後也會這樣一個人住。」他沒說的，大概是：「到時候，你們也要來幫我修屋頂嗎？」

那天我們快要完成寶特瓶屋的最後一面牆，水泥還有，但是砂不夠了，阿文於是帶我們去海邊挖砂。海砂的意志。如果這是我在蘭嶼的最後一件事，我還想再做一件事。

阿文說要去立法院找立委、去環保署陳情，一邊幫他製作簡報與手冊的我也沒有當真，我以為只是玩笑話。沒想到他是認真的。我在蘭嶼寫下我想保護的生活，愈寫愈像我被保護的生活。保護一個念頭，保護一句話，保護一個仍像學生的狀態。以後我又感到沮喪的時候，我會想起我在蘭嶼砌牆的日子。

那是我在蘭嶼感到寒意的第一天。所有的夥伴回到台灣以後，我和阿文繼續把剩下的牆壁砌好。

說是砌牆，其實無磚。以木板固型、支撐，徒手砸進泥土，堆高，夯土為牆。然而，混有海砂的水泥，黏著性不佳且摻有碎石，堆得再密實也會鬆動，經常還是會從沒有木板圍護的那一側，崩塌潰散。

明明就要垮了，我怎麼能不出手相救？垮了就垮了，真的垮下來的時候你兩隻手也擋不住。你能不能堆慢一點？就是因為你太急了才會一直垮下來。天黑了，剩下的水泥要全部做完，你的手機有沒有手電筒？

「給我那個刮的。」（什麼刮的？所以是木頭的還是鐵的？）「板子。」（大的還是小的？）「幫我拿那邊那個桶子。」（有三個，到底是哪一個？）「怎麼沒有裝水？」（原來桶子裡面要有水。）「給我那個。」（那個？大概是。）「咦，你怎麼知道這個就是那個。」我怎麼知道？如果阿文你那天沒有告訴我，你其實是一個慣用左手的人，在我遞給木梯上的你一盆又一盆的水泥時，就不會這麼順手。

隨著牆面的愈堆愈高，必須使用木梯協助作業，隨著牆面的愈堆愈高，感覺自己正在徒手抗風。隨著天色的愈來愈暗，阿文戴起頭燈，好像墜入某種地下礦坑，水泥吃進手指而我伸手不見。我在蘭嶼第一次感到寒意，但是這牆壁，漸漸長高，擋住了多鹽的海風斜雨，埋進了易感的字句情緒。我在蘭嶼建築牆壁，好像我也終於有了自己的家徒四壁。

我會想念，頭燈的光束裡，任憑直覺的一交一遞。我們各自沉默工作有時只是因為話題與笑點搭不上線。捧起泥土，或狠砸攻擊，或輕放欺敵，每一手的泥土，一半機械性，一半殘留人性，就像長距離慢跑。因為暫時不能跑步了，所以我在這裡一步一步堆疊水泥。低著頭的安穩，尚未淪為安逸之前的安穩。

應該去補眠的。但我那天還是騎著店裡的公務機車出門休假。繞過中橫，到山頂的氣象站，遇見什麼，再到山的另一邊的部落，遇見誰，再繞中橫回來。我也不過就是在快到家的面海下坡，瞥見一個把廢校籃球場當作操場跑道的少年，正在繞圈慢跑。分心注視跑步的人，原本速度就不快的機車，打滑跌進路中央的坑洞裡。

我又騎了一趟中橫，到山的另一邊的衛生所，沒帶健保卡也先掛號坐進診療室。這是衛生所的常態業務，經常都有騎車出事的遊客來報到。當我坐進另一個診間的另一張椅子，看著蠢動的大面積傷口，我才覺得我還跌坐在那個舉目無人但是天地生機盎然的下坡路段。想到這個，才開始害怕起來。我還趴在傾斜的路邊起不來。

護理人員把我的左腳纏得像是上了石膏。「最近風大，怕有沙子跑進去。記得每天都要換藥。」當她這樣提醒，我想到的，其實是，那些即將變成垃圾的紗布與透氣膠帶。所謂的「多背一公斤」——遊客在蘭嶼製造的垃圾，請自行帶回台灣。

垃圾搭船離開。這裡不適合受傷，最好也不要生病。白日重症搭飛機，深夜急診要搭直昇機。想到這個，才開始害怕起來。

多背的垃圾愈來愈沉重。是安穩，也是飽滿的混亂。很累的時候，再次擦傷以後，發現我的眼鏡上次脫落在工地時，撞傷一小角。因為獲得這樣一個缺角，讓我想要一鼓作氣把這整件事情做完。以後每當看見這個缺角，就會想起當時是怎麼樣地在風雨中使勁想要把它補好。

夢的殘骸。我的夢想都是看不見的垃圾。踏踏實實的跑鞋磨損的散逸碎屑。就像水裡的塑膠微粒、空氣中的細懸浮微粒與塑化劑，夜空雲外運行於地球軌道的金屬殘骸。

據說可以看見獅子座流星雨的那晚，蘭嶼的雲層太厚，但我一直在戶外守候，結果在深夜的涼台裡，來了一個住在附近的小孩。小孩炫耀般地大聲說著，我的爸爸今年三十歲，在台東半工半讀。小孩又說，我有一個哥哥，但我沒有看過他。小孩把懸掛在橫樑的麻繩當成鞦韆玩，在我眼前晃成一場流星雨。我一直聽他說話，那是一種，正在陪伴自己的小時候的感覺。

◆

年末整理房間。把行李箱收好，該清除的垃圾也收拾完畢，隨著窗外的落日一併送走。愛地球不是整理房間，自以為的斷捨離之後其實還會再循環。更晚的時候，小鎮的小煙火照例把我跨過，而我只是睜開眼睛然後閉上——如願以償的一次睡覺跨年。煙火還是在電影裡比較好，隔天醒來，第一個念頭是把《新橋戀人》找出來再看一遍。

隔天醒來，趁著陽光正好，去跑步。不管是真的健康還是假裝健康，可能更接近一種儀式，一年至少這一次。休息散步的時候，踩在草地上，讓青草泥土把我一步一步托起來。好好的路不喜歡走，總是喜歡偏向路旁的草地。故意不走穩，跑得也不遠，但腳傷應該是好了。沒有逞強的意思，聽說「冒險家不做冒險的事」。想起我的秋天蘭嶼，我的隱瞞。

因為年底的全體檢查，也就順便解決了到底要不要留在蘭嶼跨年的猶豫。而我也打算讓年初的報告，幫我決定年後的去向。

好好地收斂，好好地沉澱。醫師在診間打分機給指定判讀我過去三年多來的影像檢查的另一位醫師，「你一定還記得這個病患，」醫師這樣說的時候，我想起每次她在診間把我的情況介紹給跟診學生時，總會輕聲附帶一句：「這個案例你親眼看過以後就不會忘記。」兩位醫師在電話裡討論或爭論了好久，最後連我也加入，共同決定了幾項實驗的進行。無效藥物治療在三年前被醫師打斷，三年後重新再來，「也許現在的情況已經不同。」

離開診間，我在手機裡跟父親說，「檢查結果還不錯，兩個禮拜後再來，只是來給醫師評估吃藥以後的身體反應狀況。」切片的傷口是在腋下而不是頸部，完全可以用衣服擋起來。

離開診間，坐進一班公車，三段票，搭完全程。公車在城市的邊緣過了幾座橋。駛進一座橋，就好像準備切換一個階段。之前都說被公車搖晃，這天則是搖晃成一種微妙的安穩，穩定的搖晃。

開始吃藥以後，特別容易覺得暈。最初我還以為是貧血的關係，後來覺得那是類固醇在跟我交談。愈暈我就愈是穩穩站好。衣服裡的小傷口，儘管因為血塊滋生而隆起，我也成功地把它埋藏了起來。埋藏起來，收好。我又多了一個神氣的祕密。

我可以接受各種各樣的白忙一場，但我不想再次平白無故地到處擔心。三年後再與類固醇狹路相逢，我好像更能適應了；可以使勁撥開昏沉、找到專注，那專注有時就好像我嗑的其實是什麼非法藥物一樣，類似物質使用，替我驅除雜念。而當我願意順應昏沉，那昏沉便助我安眠。這次，我感覺是我在控制類固醇，是我在用藥。

即使是在醫院，在這棟「沒有四樓」——號稱五樓，電梯按鍵由三跳五，但其實就是位於第四層樓的醫院的癌症中心，過年前好像還是會有一股躁動。平時用來遞發病歷的推車，此刻竟堆置著水果禮盒一個診間一個診間地敲門發送。月初才剛祝賀一次新年，月底接著又要再來。並不是所有的人都歡喜過年，並不是所有的人都可以新年快樂。但祝福總是要有，即使只能偷偷期待。四樓的人有四樓的信心。

我在候診區，時而坐，時而讓座。後來都是全程站立。這次的看診號碼因為事發突然所以排序偏後，讓我想起第一次被推來這裡，轉診又是初診，耗盡一整個下午的不安，候診區只剩下寥寥幾人，而我是遞補進去的最後一個。那樣的傍晚，剩下的這幾個人，真的有剩下的感覺。

明天未必會更好，但我們也想好好過年。看診號碼才剛進入十位數不久便提早叫到我。提早叫號，在這裡不是平常的事；大概因為快過年了。這次如果不是如同上次在診間一待就是半個小時，那麼應該只會超過半分鐘。

◆◆

飛魚季節快要來臨，寶特瓶屋趨近完工。為了秉持節能建築的工法，鋼樑與木材均無防護漆，春雨日曬海風，屋頂種植的地瓜長出新芽，屋身的敗壞與鏽蝕也同步增生。人力不足的情況之下，任憑自然發展，卻又不能坐視不管。所謂的完工，只是從工地，過渡到另一種工地。

颱風還沒來，屋頂已經開始漏雨，需要抓漏了。為了解決一個問題，提出了一種解決方式，結果這個解決方式卻又形成另一個問題。這棟巨大的裝置藝術，藉由回收的寶特瓶提出環境災害的警告，我愈來愈感到這樣的警告也是一個不良示範。看看今年的颱風要不要把它回收。

我躺在寶特瓶屋的屋頂，等待遊客經過。等待徒步環島的人，等待背著帳篷帶著一瓶純米酒找地方睡的人。他們如果在門口好奇張望，我就去帶他們進來，進行解說。就好像十年前的夏天的賞鯨船，只不過這裡的黑潮帶來的是寶特瓶飛魚；只不過，解說往往變成聊天。

在蘭嶼的海蝕洞裡，可以聽見頭頂有海浪。在寶特瓶屋裡，我常常也有置身海蝕洞的感覺。牆裡的這些寶特瓶，也是一種考古，像這種藍色的方形寶特瓶，是超商進來蘭嶼之後才愈來愈常見的鹼性離子水；那個綠色的，是舒跑，蘭嶼馬拉松那年，要跑者自行帶水，主辦單位不提供水杯，說是環保路跑，卻還是額外準備了好幾箱寶特瓶。

練習解說寶特瓶屋的同時，私下也自我解說。我躺在屋頂，屋頂有還沒長大的地瓜，有抗風耐旱的海芙蓉，地上有亂長的野菜，有開花的皇宮菜。這時羊就會偷偷地來。羊是絕對上得了屋頂的，十年前那個背著背包的單車少年，我是絕對會和你復合的。

有時我會覺得，要不是受傷的我，其實也遇不到剛好受傷的你。

「小時候我也生病過，很嚴重，我爸爸還在台灣，不知道怎麼辦，」那時的蘭嶼，如果患上沒見過的重病，常常就是直接當作死掉了。「我是被別人救起來的。現在如果夢見送葬或是房子沒蓋好，我就會叫我的靈魂不要亂跑。你要多跟靈魂說話，我出門前也會跟房子說話。」

我想起那些躺在床上跟自己說話的夜晚。淋雨走到咖希部灣，對著裡面說話。當我開始在咖希部灣面朝大海，對著外面說話，在這個堆垃圾的地方，我是被阿文撿起來的。

我們都不太懂得怎麼跟別人說話。不會說話的人還是會找到彼此交談的方法。蘭嶼是受傷之島。無論是返鄉青年的回歸，或是前來海島放鬆的遊客，都在這個受傷之島，尋求復健。

我站在雜貨店的櫃臺裡，春假期間，遊客排隊結帳的時候，我首度意識到，我和他們位處的「階級」並不一致。部分遊客的眼神讓我滑落至某種邊界，儘管只是暫時的。而我又是一個多麼拚命的菜鳥服務員，才會每一次都給出真心的微笑，急於迎合這個世界。但我知道這一切都是延長的暫時。我必須是一個店員，但我終究不會是一個店員。

對於一個人或一件事，究竟要花費多少時間去投入才足夠。至少一次的芋頭收成，不只一次的飛魚季。如今寶特瓶屋好不容易趕在飛魚季節來臨之際落成，卻也已經開始剝離。我試探性地詢問阿文，要如何向遊客說明那些來不及整理的雜物與回收物，還有生鏽得愈來愈嚴重的鋼樑？「你就說，這些都是象徵著阿文的困境。」

生鏽也是一種裝置藝術。累積沉默進行挑戰或決定不挑戰，累積傷害進行拯救或忍心不拯救。

每天傍晚我會在寶特瓶屋的屋頂澆水，澆水期間，竟也等到九個遊客。中老年團體傾向拍照而已，只有一個人的，反而更願意交談與傾聽。「你是蘭嶼人嗎？」遊客問。「為什麼你會來蘭嶼？」遊客再問。當我開始介紹蘭嶼，常常也得順便介紹自己。我坐在一旁看著那個正在解說的那個人，啊，原來我是這樣理解我自己。

我到底，是怎麼走到這一步？在這裡，我也終於有了煩躁與放任情緒的行為。趴在雜貨店前的涼台橫杆看海不動，甚至還睡了起來，不想吃晚餐。阿文問我怎麼了，我當然回答：「沒事。」

終於在蘭嶼失眠的時候，躺在床上頭腦發熱，出去看海也沒用的。

旁觀阿文的痛苦。雖然我也存在於阿文的痛苦之中，我也存在於阿文無從探望的我的痛苦之中，旁觀自我之痛苦。

深夜顧店的時候，有時就是休息的時候。住在附近的一個怕海的小孩，每當他闖進雜貨店，總會抱著玩具。這天抱的是遙控汽車，這天，他是來買電池的。電池好貴，他給我一張鈔票，我給他硬幣兩個。

一個小孩總是連著另一個小孩成串而來，每當我顧店的時候，小孩們總是放肆在地板翻滾奔跑喧鬧。「我們是在幫你拖地喔！」他們一個人躺在地上扭動身體扮演拖把，一個人使勁拖拉，彼此笑成長浪。他們趴在運送啤酒的木板推車上敞臂滑行，他們在冰箱與冰箱的間隔裡探勘，沒有魚叉也沒戴頭燈，忽而埋進商品貨架底下繼續搜尋，沒有魚，卻捕獲即期的鋁罐沙士，撿到落單的象棋。在夜晚沒有大人的時候。

兩個硬幣買不起螺絲起子，沒有螺絲起子就打不開車底的蓋子、裝不進電池。大人總在這個時候出場，螺絲起子當然要用買的，大人說。小孩看我，我看小孩，這個時候我也不是什麼店員了。大人坐進躺椅看電視，大概聽不見我們幾個擠在五金貨架前正在進行什麼勾當。我們有把螺絲起子好好放回貨架喔，像新的一樣。就像把即期沙士重新上架、象棋收回盒子裡繼續販售一樣。差不多也是一支螺絲起子的價錢。深夜雜貨店，我感受到的，總是各種交換而不是那種交易。

怕海的小孩讀幼兒園的時候，指著小蘭嶼的方向對我說：「那裡水好多，好大。」在颱風即將來襲因而提早下課的娃娃車上。怕海的小孩來到國小三年級又跟我說：「海水鹹鹹的都是因為流浪的人跑去泡在水裡。」流浪的人要走很長很長的路，流汗與流淚都是一種鹽。

怕海的小孩不敢游泳，但是擅於攀爬。看他不加思索就雙手雙腳登上寶特瓶屋的生鏽鋼樑頂端，把鋼樑爬成麵包樹。遙控汽車已經過時了，而且電池好貴。小孩們都開始玩指尖陀螺了，阿嬤不可能再買什麼指尖陀螺給他。雨一直下的時候，他就繼續在鋼樑爬上爬下。「你們有賣指尖陀螺嗎？」他問我。「我們只有賣發條嬰兒。」轉動發條，塑膠嬰兒就會瘋狂爬行，五秒以後驟然停止。帶那個去學校會被笑啦。但是那個不必裝電池啊。

手機借我玩嘛。我今天沒有手機啦。不然借我看卡通就好。等一下有遊客來的時候你幫我解說啊。小孩在我的隨身筆記本裡畫了指尖陀螺，似乎在暗示著什麼。今天沒有電池，沒有手機，頂多只有發條嬰兒。在屋裡沒有大人的時候，我和小孩坐在寶特瓶屋的屋頂，在沒有電力的時候，他跑他跳，他一直幫我轉動發條，不只五秒。

小島轉動發條，觀光旺季來了，端午連假緊接著蘭嶼馬拉松。五月準備登船去蘭嶼的前一天，我在夜晚的台東市區遇見一位收銀員的左手只有兩根手指，我在下一間店又遇見一位店員的左手沒有手指。登船前，我特地打電話給父親，請他放心，我這次不會去跑馬拉松。儘管我還是帶著我的號碼布。好幾次，我都是瞞著父親偷跑，事後才報告。這次我真的沒有跑，只是看著別人跑，只是在路邊散步撿寶特瓶。父親總是提心吊膽地目送我出門，每次我從蘭嶼回來，父親都高興得像在迎接農曆年一樣。就像我是跑完馬拉松而沒有在中途猝死一樣。

獨居的父親，身邊還有兒子可以來來去去。這兒子一定有問題才會在家裡來來去去。這段時光是從別的場域撥動調度而來的。再給你們一次機會，讓你們父子每天一起吃飯。繞著繞著，慢慢在這個世界上站穩，不論是年紀多大的兒子，這個時候終於變成一個父親般的兒子，陪伴身邊這個兒子般的父親。

繞了一大圈，途中的感受有時只剩下車身的前進，那樣深深陷入公路電影般的鏡頭。有時也不是坐在貨車裡，望向前方道路的盡頭，而是坐在貨車後方的置物區，與那些土木工具、蘭嶼海砂，坐在一起。看著倒退的風景，長久的依依不捨，卻也慢慢前進著。

雨不停。我被阿文指派使用鋼毛刷，刷除寶特瓶屋鋼樑上的鏽，很像當兵的時候，花了一整個下午反覆擦拭一扇窗，很專心的那種混水摸魚。窗還可以愈擦愈乾淨，已經吃進去的鐵鏽根本無法刷除。把腳踏車騎進寶特瓶屋的小孩問我在做什麼？我不知如何作答。大概是在刷掉灰塵與蜘蛛網吧，為了之後重新上漆。寶特瓶屋內也是漏水潮濕，泥土地上放著臉盆接雨水，更適合寄居蟹來寄居了，這裡本來就是癩蝦蟆與陸蟹的家園。其實就是因為想要趁機休息，我才答應在雨中的鋼樑旁刷啊刷的，也就是，把自己刷乾淨的意思。

愈來愈想對誰說話，聚攏的人群卻又漸漸走散。想去的地方，總是被迫半途折返。把自己跑回來，必須把自己消散的肌肉跑回來，必須不暈不喘。紅色的跑道很常見，那對我來說，愈來愈有血的警覺，無論是過度熱血或貧血。

曾經我是不可能穿跑鞋去醫院的。跑鞋有其神聖性，應該是跑在操場或是賽道上的。甚至當我穿上跑褲的時候，我也不肯輕易坐下。

現在卻總是穿著跑鞋去醫院。如果有跑鞋陪著我，轉身逃跑或許會順暢一些。

長期處於慢性發炎的燃燒，輕微貧血毋須意外。愈跑愈遠、愈跑反而愈不容易喘的時候，血色素其實默默地愈跌愈低，但我始終沒有成功暈倒、頂著瘋狂的太陽變成陳宗暈。穿跑鞋去醫院，心跳常常破百，可能我一直都是維持在走路也是跑步的狀態。

上一個颱風來臨之前趕去醫院例行回診，血色素終於降到新低點，評估過所有的檢查報告，覺得沒什麼致命問題，正準備放我走的時候，醫師照例問我最近有沒有感到不舒服，「有時會有快要暈倒的感覺。」我覺得我的回應很有誠意。「就好像我快要離開我的身體。」這句沒有說。所以醫師也就很認真地替我在隔天安排了第一次的輸血治療。「怕你真的昏倒了。」

我們一直都在追蹤我的貧血，數值緩緩跌宕起伏，不過，鐵蛋白始終維持在標準值內，面對這樣難以掌控的貧血，標準程序，應該是要直接去挖一下骨髓的。曾經挖過了，那個時候沒有問題，噩耗暫時排除。已經累積那麼多切痕，就不要再挖來挖去了；常常往輻射裡去，就不要一直再安排斷層掃描了。我忘不掉年初的時候，醫師決定讓我再試一次類固醇療程的那個抱歉的神情，一個月以後，效果不顯著，斷然緩慢地停掉類固醇，就好像四年多前，剛轉院過來的時候，直接砍掉我正在吃的免疫抑制劑，「你還年輕，這個不要吃。」這句話讓我好像還能多聽見一句：「要不要我燉雞湯給你喝。」

「我的血液，有鐵的味道。」

你是松本大洋《乒乓》裡的最棒的對手。其實不需要吃什麼去特地補鐵。貧血不缺鐵。反覆唸著這句台詞，就像快要暈倒的時候喊出那個名字，就會有英雄出現。英雄不能隨意召喚，英雄只救英雄。

輸血前，必須抽血，於是被問到血型。「很小的時候驗過，」我猶豫了一下，「但好像也不一定，你們會再確認吧？」幫我抽血的人，似乎有點不耐煩。當下應該也幫我確認了我是A型人格。「你們醫院使用的點滴袋和導管有含聚氯乙烯嗎？」我沒有追問。「那你知道塑膠血袋釋出的DEHP抗雄性素可以保護紅血球嗎？」她當然也不會這樣反駁。

一個月後，我回到醫院接受第二次輸血。和上次一樣，和失眠或早起等待化療的人們一起等待叫號，但我沒有進去那個「等待區」坐在沙發裡聽心靈講座。等待備血的兩個小時裡，就像穿著跑褲就不能坐下，我穿的雖然不是跑褲但我穿著跑鞋，就不能輕易妥協。在這裡，我是隨時拔腿就要逃跑的人。背著背包在走廊逛來逛去，就像是誰的家屬。這次是走樓梯上來的。可以的話，我是會繞過電扶梯而去跑樓梯的人。第一次輸血以後的這一個月，額外察覺有人一直攙扶著我。

「幫你準備的血，減除白血球，降低感染的風險，是比較特別的血品喔。」護理師說，「所以才讓你在外面等那麼久。」在護理師跟對面病床說明施打化療藥物後的副作用反應常常都是「心想事成」的時候，我想起自己在第一次等血的漫長過程裡，突然感到一陣蒼涼的心慌，差點也就要扶著牆壁慢慢滑落倒地。

我的血液，有鐵的味道。我的血液，還有鐵的味道。

第二次輸血以後的當天下午，回到診間，我和我的醫師，這四年多來，我還不能畢業而她也還沒退休。「輸血以後覺得怎麼樣？」醫師一開口就問。這天輸血前的抽血數據，血色素有提升。輸血以後，沒有特別感到神采飛揚那麼戲劇性，但是不再出現暈倒的預兆、不再恐慌。輸血也可以是安慰劑嗎？

罔兩的日子。可能真的無法痊癒，或許也不必痊癒。既不夠健康，也不夠不健康。

想起我也曾經在醫院寬闊的走廊，避開剛抽完血還壓著傷口緩慢行走的人，避開抓著一疊紙張找不到哪裡是報到櫃臺的人，避開移動中的吊著點滴的住院病床，逆向和手機裡的父親大聲叫嚷：「我想立刻就被送去治療，我現在就想立刻被送去治療！」語意不清的台詞被口罩悶著出不去。

身為一個拖泥帶水的病人，帶傷流血，有時我也自覺是個逃避。當我還可以跑步的時候，當他們看我最近氣色根本不錯。監察著我的各項免疫球蛋白數值起伏，我們有這樣的長期觀察經驗與整體評估而能在暈眩中站穩。那些報告裡的數據足以驚嚇電話裡的父親雖然我什麼都沒說，我沒說實話但也沒有說謊。我已經漸漸接受各類異常數據所組成的，就是現在這個正常的我。

這些不符合參考值的數據於是成為我的個人標誌與自衛裝備，讓我知道我可以採用一種殊異的規格去迎向某一種未解的鎖。

沒有什麼強制的黃金睡眠時間。沒有規定三餐都要吃五蔬果。我不必服藥。「希望你趕快好起來。」每當父親這樣說，說了好幾年，有時候我會聽成「拜託你可不可以趕快好起來！」以前藏成績單，現在藏的是檢驗報告。

我還是一個有鐵之人。鐵的意志，常去蘭嶼會不會生鏽呢？海的意志，海的輻射。我把蘭嶼三色掛在我的手腕，紅是紅土，黑是木炭，白是貝灰——傳統的三色顏料。蘭嶼沒有藍色。我看見有的操場跑道是藍色的，柏林藍，那種結合游泳與跑步的感受，是我很想再痛快經歷一次的。是遮眼逃避，是有效逃亡，是直面迎擊。

夏天不應該是貧血的。跑道可以是藍色的。今天的天空是逃跑。不能跑的時候，我去河堤騎單車，藉由自轉輪椅輔助前進。乘風破浪，一趟來回差不多也是跑了一場半馬兩場半馬。我的三鐵是這樣湊齊的。貧弱而敏感而堅強的，我的鐵人三項。

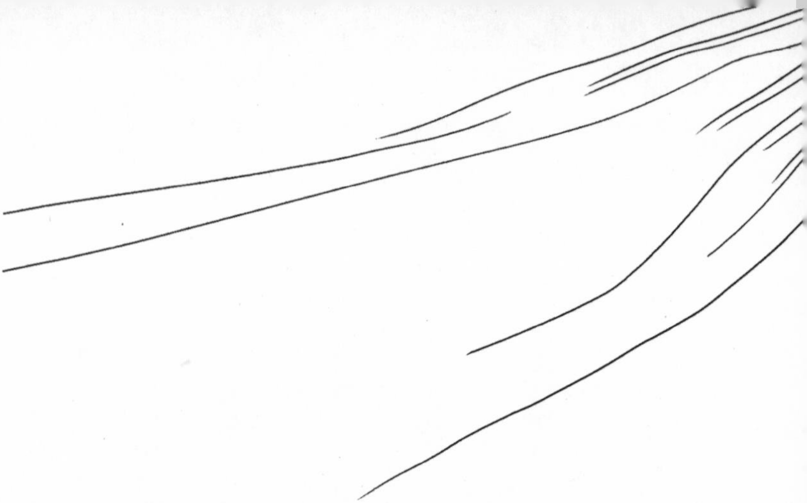

說垃圾話的朋友

阿文說他什麼都不會。蘭嶼人阿文不會砍樹造舟捕飛魚，害怕搭船，達悟孩子阿文天生就會暈船。

阿文家裡的印表機已經壞掉很久，需要列印的時候，總是必須繞半圈蘭嶼，從後山到前山的超商。每次出發前，都得反覆檢查文件，如果回來以後又發現錯字什麼的，則又是一次環島。這樣的迂迴費工，讓每一張緩慢產出、帶有餘溫的公文紙張，更加慎重如祭儀。

從野銀到椰油，一般都會選擇走中橫。我走中橫倒也不是因為那是捷徑。整個上午在電腦前打字、在收銀機前結帳，一邊專心一邊分心，終於可以在中午過後，只有少數遊客會頂著烈陽在路上晃蕩的時候，躲進山裡消失不見。

這條山路經常會有觀察者或站或趴，低調熱烈地注視著我看不見的寶貝們。這條山路可以眺望整個野銀部落，拍攝「一區是地下屋，一區是水泥屋」的經典構圖。地下屋看似沒有減少，各形各色的水泥屋卻是愈來愈多。這些年來，定點拍照的人不知道有沒有注意到，部落的邊陲地帶，多了一棟構造奇特的寶特瓶屋。

走進咖希部灣，走進寶特瓶屋，我就掉進去了。因為我也有垃圾的感覺，在蘭嶼，我也丟了不少垃圾。

從中橫的山路眺望部落邊陲，有時可以發現寶特瓶屋的屋頂有人躺著。躺在屋頂的人，偏頭也可以隱約看見在山路裡明滅或停頓的人。遠遠看著，我常常想起這條山路就算已經不是原始的那一條，也可以矯情地體會到築路人被迫的艱辛。這是一條暴力修築的捷徑。沿途破碎，沿途勉強。想起遇見阿文以前的那個清晨馬拉松，起跑就是陡坡。

當我站馬拉松的起跑線——從前的資源回收場現在的蘭嶼鄉公所，我不知道阿文也在附近張望，那時我還不認識阿文。阿文不是來跑馬拉松，是來觀察這個號稱「多背一公斤，蘭嶼亮晶晶」的活動，是否再次重蹈覆轍，跑出整條環島公路與中橫的寶特瓶與紙杯。大多數的跑者跑到最後只是想要跑完全程就好，什麼都不在意，我也曾經跑過滿地海綿、塑膠杯與雞精玻璃瓶的路跑。疲累見本性。

這不是才剛開始嗎？誰殖民著誰，誰反抗著誰，各種沉痛輪流壓在雙肩與膝蓋，變成墊肩或護膝。水泥砂石蠻橫逞強，心有違章建築不肯倒塌。中橫下坡的大轉彎，風強雨斜，覺得自己就要衝進海裡。撐不下去了，再跑下去就要被丟進去。

想起寶特瓶屋最後一面牆即將完工的晚上，陪伴我和阿文的是溫柔強悍的超級月亮。特地戴起頭燈的阿文，是吃了星星的超級瑪利。海浪聲環繞，像是鼓勵。我們再撐一下。今天晚上有龍蝦排排站喔。不用像中午一樣吃白飯配罐頭喔。繼續做下去，直到水泥用完，直到頭燈熄滅。直到寶特瓶缺貨。

路上的寶特瓶總也不缺。連續兩天的徒步淨灘告一段落，我們把撿來的寶特瓶，集中到阿文家門口，準備製作寶特瓶磚。鎮守在阿文家門口的老舊壓縮機，即使滿身鏽蝕也是維持戰士的站姿。阿文和志工們，協力扛起一個網袋又一個網袋，往壓縮機的艙內倒入刺洞後的寶特瓶沒完沒了。大概倒進三千個，第一顆磚就差不多成形。還會有幾顆磚？最終還是必須取決於壓縮機戰士今天的肚量與心情。隨著第二顆磚的完成，艙門就脫落。一邊值勤一邊維修，阿文這才想起自己還沒喝水吃飯。

我們讓阿文去忙別的。還有另一批超過三千個寶特瓶等待壓縮。機器的傾軋聲混雜寶特瓶的擠壓聲，像是某種預兆，也像是日常。阿文曾經說過，幾年前第一輛貨車把壓縮機載回家後，貨車就功成身退「死掉了」。這是阿文的困境，也是阿文的日常。能做就做，沒經費也做。

每一次的化險為夷，每一次的有驚無險。沒錢，沒人，公文還在拖。在滿面愁容的阿文身邊遊走的日子，不會更好了，但也不會更壞了，一旦阿文笑了，我的煩悶也跟著開朗起來。

壓縮層疊的煩悶。「你又沒看過壓縮過程，你又沒搬過磚，你又沒有看過碼頭作業也沒有實際做過！」阿文厭煩某些學生與記者，只是特地前來占據自己的工作與家事的時間，來了又走，只是問一問，寫一寫，什麼都沒有幫到。睡覺的時間也沒有，阿文愈忙愈老，「我今天只吃兩個麵包而已。」想要關起來休息。如果覺得這件事重要，就應該多耗時間在這裡，不是只來幾個小時而已。「大家幫我加油，又怎樣！沒有實質的幫助，也沒用！」扛著寶特瓶磚徒步上坡的阿文，疲勞、堅持又固執。

加油沒有用。壓縮機繼續壓著源源不絕的寶特瓶，要壓到什麼程度？壓到機器發出某種聲音為止。機身的抖動不是膽怯，零件的脫落不是放棄。但如果就這樣爆開來，如果這好幾千個寶特瓶突然解壓縮，飛天遁地，各自退回原來的地方，退回隔壁的遠方，退回大海中途被礁岩絆住，或是回到蘭嶼的水溝，躲進路邊草叢，橋下深壑，沿溪流回到深山，回到雜貨店便利店，回到民宅民宿。

「垃圾太快了，人類趕不上。」阿文說。人類不分遊客與居民；回顧這些年來的回收歷程，阿文發覺，綠色網袋投入寶特瓶的回收風氣，反而是由遊客帶動起來的。海洋廢棄物是全球共同面臨的議題。洋流帶來豐沛的海洋資源，也帶來海漂垃圾。蘭嶼的飛魚季開始了，飛魚來，遊客也來。有人留下垃圾，有人選擇「多背一公斤」、「自己的垃圾自己帶」。

垃圾實在太快太多，阿文的中古壓縮機又死掉了。

有一名退休的有錢阿姨說要捐贈一台壓縮機，讓團隊可以更有效率地把那些寶特瓶或鐵鋁罐壓縮成磚，還說要憑藉她的專業，協助蘭嶼的土質檢測，試圖找到隨意傾倒的廢機油造成土壤汙染的科學證據，說不定連帶也可以解釋為何地瓜芋頭近年來愈來愈難收成。然後就像所有意見紛雜的善心人士一樣，最後總是不了了之，分歧而去。有錢阿姨有她的理由，她說有人要她停手，「土質檢測如果真的發現問題，遊客會不會就不敢來了？」有錢阿姨就不敢來了，壓縮機也沒有來。

接著又來了一個壓縮機業者，看報得知阿文的困境，於是決定捐贈自家工廠生產的壓縮機。那天我和阿文一起搭車繞進巷弄小路跨海拜訪他的工廠，除了眼前的這間工廠，從這邊到那邊再到那邊也都是他的工廠，工廠與工廠之間，老闆騎著他的電動車移動，好像這裡是遊樂園或高爾夫球場。原來是因為腳傷未癒。前陣子出國，小腿被河馬咬傷了。「你們去看看報紙就知道，這是為了救人而被咬傷的。」帶傷的老闆，這次是來拯救壓縮機壞掉的阿文。老闆領頭，我和阿文在鐵皮搭建的工廠裡橫越各式壓縮機與龐大機具，好像大人帶著兩個小孩挑選玩具，「喜歡哪一台，都可以帶走。」

阿文不小心就挑到一台將近百萬元的壓縮機。考慮到蘭嶼的濕熱環境、空間大小與實際效用，最後擇定的是整間工廠最小的機型。「壞了就換另一台新的給你。需要再換更大的也可以。」收下這樣的禮物，有愧不是因為太過昂貴，而是因為太過浪費。淨灘撿拾的垃圾有時太髒，雜質過多，只是降級回收的再降級。在海邊撿垃圾像是在淨灘，在陸地上減少製造垃圾更是在淨灘。

然而這樣的一台全新壓縮機，還是可以擺在寶特瓶屋充當學生與遊客觀摩的教具，而不是去爭搶鄉公所清潔隊的本職工作。從淨灘回收到環境教育，換上這台全新的壓縮機，是一個分水嶺。「你要好好活著喔。」阿文忽然對我這樣說。阿文團隊常常就只剩下一個人在蘭嶼。

如果沒有遇見阿文，放心讓他把我像撿垃圾一樣撿起來，放進咖希部灣回收。把我放進阿文團隊，去和各地的「網友們」裝熟然後慢慢變熟，前前後後和幾個「唯一的同事」一起合作然後再目送他們去到更遠的地方，我現在一個人也只是一個人。

夏宇有一首〈秋天的哀愁〉：「完全不愛了的那人坐在對面看我/像空的寶特瓶不易回收消滅困難」，短短兩句，每年秋天某些扭傷或抽筋的時刻，就會想要唸出來。暑假志工們舉辦的那個「寶特瓶情書」活動，這首詩也很適合寫在瓶身遞送出去。

絕情也是因為有情。志工一個一個跳船離開。「阿文已經不做回收了，阿文已經忘記初衷。」離開的人說。離開的人難道不知道我們現在的行動已經演進為環境教育的推廣嗎？環境教育就是以身作則，自然而然才會有隊友。

可以撐到現在，可能只是因為在這裡我好像是一個被阿文需要的人，但其實，是我更需要他。一個人是沒有辦法活下去的，很長一段時間都是自己一個人，好不容易接近一個團隊，再怎麼逆來我都順受。一直以來都想做自己，也想珍惜可以不做自己的時刻。

不是自己的自己，什麼都不是的自己。這幾年的生活就是一場實驗。如果不照既有的公式與規定那樣做，還有什麼可能性呢。實驗也是現實寫實，冒險也會流血流淚。我在兩年一次的紀錄片影展看了一部六十年代的台灣實驗短片拼盤。其中有韓湘寧導演在一九六六年拍攝的《跑》。剪成五分鐘的短片，導演在三輪車上把鏡頭對著席德進，要求他在仁愛路圓環不停地跟著三輪車繞圈奔跑。

短片沒有音效也沒有配樂，主辦單位請到事先已看過影片的林強來擔任現場配樂。銀幕上是席德進的堅定、猶疑與喘息，林強站在銀幕角落好整以暇地調製電音風格的配樂。雖是配樂，卻彷彿那裡才是黑暗之中的光點。

翻了《席德進書簡》，才確認一九六六年正好是他剛從巴黎回到台北、搬進新生南路的房子準備重新整頓的關鍵時刻，書簡的最後一封留在那年的六月，信的最後一句是：「盼你的到來。」剛回到台北的他接受導演的邀約在圓環不停奔跑，從清晨跑到上班時間，跑到機車淹沒了充滿期待與蒼白的臉孔。我不知道繞圈跑步的他正在想什麼。可能什麼都沒想，只想導演趕快喊停收工。

盼你的到來。

夥同一群志工環島徒步撿垃圾的那一天，我一路撿拾菸蒂像是有人沿途留下什麼指標線索。破碎的酒瓶撞進網袋裡的聲響此起彼落。菸酒歡樂，菸酒傷心。有人跨進路邊護欄，自草叢裡救起一輛報廢的兒童腳踏車，車身螞蟻螞蟻亂竄。無法繼續上路的單車，靠在路邊護欄，變成裝置藝術。來自南非的志工用中文說著：「很熱，很熱。」然後撿到一個滅火器。開始可以撿到微波食品包裝袋的時候，就知道我們已經愈來愈接近落成不久的第二間超商。小隊在東清灣各自散開淨灘，想繼續走的人就繼續往北走。畢竟我的菸蒂麵包屑不停指向北方。

走到後來，走成四人隊伍。從香港、南非、台灣來的划手，還有一個不知從何而來的我。有位鄉民騎著機車默默經過，不久又回來找我們。他默默遞出四支冰棒，像是頒獎，而我們是替阿文領獎。吃完冰棒繼續向前走。

「那麼熱，怎麼沒有戴帽子？」民宿二樓的窗口傳來老闆娘的問候，「那麼重，你要不要把撿來的寶特瓶倒進門口的網袋裡就好？」

「妳門口的寶特瓶誰會來收？清潔隊嗎？」

「阿文會來收。」

阿文會來收，阿文一直都得收。咖希部灣的垃圾只能暫時堆放著，這裡沒在經營資源回收，開門見垃圾，卻一直都是常有的事。無論是丟垃圾的人，或是淨灘的人，都要想想，這些垃圾從何而來？接下來會去向何方？咖希部灣的寶特瓶屋是地球的涼亭，這裡沒有營利，這裡卻是經常虧損。我們在地球的涼亭進行環保理念的交換，說蘭嶼。

做好自己分內的事，然後試著彼此分享。要不要環保，是帶有覺知的選擇，不必是苛責。究竟是誰才有資格進行「環境教育」？到頭來還不是環境在教育我們。耆老的智慧如果沒有流傳下去，我們根本無法與大自然繼續溝通。「在蘭嶼大家一起吃飯的時候，只有自己用環保筷會很奇怪餒。」就連阿文也會有這樣的困擾。我時常想起當初帶我們一群學生來蘭嶼課外教學的老師說過，即使是他，要勸家人在聚餐場合不要使用免洗筷，也是不容易的事。我還記得，某次老師說他在研究室吃乾麵，寧願選擇使用兩支原子筆當筷子湊合一下，也不要使用免洗筷。

在雜誌上翻到：「會有廢棄物是因為人們缺乏想像力。」接著又提到，所謂的「汙染」，其實就是「不在其位的資源」。無論是人，或是垃圾，只要進入適當的位置，就能盡情發揮，全力以赴。

做環保，是不是有利可圖？做回收，一定賺了很多錢吧？「你這麼有錢喔，可以請到這麼多人來幫你撿垃圾。」身邊的質疑猶如馬鞍藤捆綁，身心俱疲的阿文還是耐著性子。「我用我們蘭嶼的方式去做，慢慢去灌輸他們。現在有些小吃店會準備衛生筷或不銹鋼筷讓人選擇。現在島上也在慢慢醞釀這股力量。」阿文說：「蘭嶼的人，還沒有完全信任我。所以大家還沒有跟我一起做這件事情。台灣的志工離開之後，我這邊就沒有人了。」常駐的專業人力與在地的響應，是經常感到負債的阿文最迫切的心事。

儘管島上不是沒有支持阿文的居民，不過，善意有時也會帶來困擾，「大家都認為，阿文是萬能的，打電話給我，跟我要網袋去淨灘。撿一撿，又全部拿過來，我一個人要怎麼處理？」大家已經習慣阿文會開貨車環島回收綠色網袋載回自家，用壓縮機處理過後再自行負擔運費送去台灣。

阿文會來收。蘭嶼紙類不回收。浮球、浮繩、保力龍不能撿。大型浮球砸進路邊的垃圾子車，救生浮繩纏繞，輕盈龐然的保力龍碎屑散落。淨灘的人把海邊撿來的垃圾收回陸地，卻成為清潔隊的惡夢。陸地的垃圾車難以壓縮海洋垃圾。繼續把惡夢埋進土裡，垃圾繼續演化垃圾。

沖洗、戳洞或是裁切寶特瓶的時候，阿文總是會警告，有些寶特瓶，很髒很臭。瓶蓋打開以後，會有驚喜的味道。我們常常在大熱天裡聞到寶特瓶被殺以後的味道。洗不乾淨的寶特瓶，也是垃圾。

各種瓶身，各種簡介：原料、營養標示、保存期限、碳足跡。撕掉瓶身的標籤以後，空心卻帶垢的寶特瓶，原料是原油，沒有營養，殺不死，繼續製造碳足跡，以及水足跡。曾經有一個關於環境永續的展覽，需要我們調度三百個淨灘撿來的、洗過的寶特瓶，像禮物一樣，包裝後搭船去拜訪他們。乾淨與不乾淨的，都是各種形式的垃圾。疲勞的回收，疲勞的降級回收。成為灰燼底渣也是新生的垃圾。

阿文要我去找蘭嶼的第一個寶特瓶。一定可以找到，一定還陷在島嶼的角落。

阿文打電話來，說他又有新發現。他說鄉公所「回收物換衛生紙」活動所累積的那些回收垃圾根本沒有運出去蘭嶼，而是又藏在看不見的地方。被藏起來的，阿文就去找出來。

藏不起來的寶特瓶們，阿文代言的最新作品，是在貯存場前駐紮一批寶特瓶磚。這堆新的寶特瓶裝置藝術要比龍頭岩頑強，階梯式層層堆高。龍頭岩，蘭嶼人稱之ji-mazicing，「岩石鋒利不規則形成坑坑洞洞的岩壁」，不規則的鋒利是決心，坑坑洞洞是在控訴循環疲勞的決心，儘管如此，只要我們聚在一起，岩壁的決心，無論鄉公所清潔隊或貯存場人員，那些壓縮後的寶特瓶磚沉默凝重，「誰也不敢去動它。」阿文說得堅定。

咖希部灣的寶特瓶屋如果有心臟，那個心跳就是驅逐惡靈。

Limbo，靈薄獄，字典上說這是「地獄的邊境」；也可以是「放置棄物的場所」，也就是：堆垃圾的地方，咖希部灣。

站在港口的阿文，看著客船與貨船的進進出出，「我們要管制的是垃圾，而不是遊客的數量。我們要怎麼去平衡蘭嶼的生計與環保？如果要解決這個問題，在我看來，就是從教育開始做起。從教育開始，然後把我們的文化加進去，這才可以立足。」

從小就會暈船，無奈不能長時間出海，阿文慢慢摸索海陸平衡的方法，漸漸成為一個「港口」。阿文的第一間雜貨店原址位於椰油部落的開元港邊，名為「米呐嘟」，みなと就是港口。米呐嘟見證貨船引進商業資本，小島有抵抗也有接受。咖希部灣遙望客輪載來垃圾也運走垃圾。不擅長說話也必須說話的「說蘭嶼環境教育協會」，直接用行動傳達環保理念，航向更多島嶼。守護土地就是守護海洋。港口阿文協助飛魚甩開寶特瓶，讓更多達悟豐收返航、鍛鍊故事與歌辭，芋頭與飛魚相依，健康孕養生命。

港口阿文，也有感到泥沙淤積的時候。什麼樣的人才是「真正的達悟男人」？你認識台北的路，但你認不認識你家山裡的樹？你有板模的技術，但是你會不會砍樹扛樹？你的肩膀傾斜了，你的舊傷可以讓你在海上維持多久的平衡？你種的小米可不可以收成？禮芋與豬還是要從台灣買進來？你知道今天的海浪與風是什麼樣的情緒？

蘭嶼有怕海的人，蘭嶼也有暈船的人。阿文的雜貨店有賣「防暈錠」以及口罩，準備搭船去台灣的人大概就是配戴著這樣的心情。阿文不知道大海的心情，但是可以感覺大海不能呼吸，阿文看海不是看漂亮的，「我沒有美感。」看海是看可不可以釣魚，今天晚上的龍蝦網應該怎麼放。阿文搖搖頭，「我什麼都不會。」

我什麼都不是。跟著阿文，抵達這裡。我想保護的生活，終究還是路上遇到的每一個人保護了我。我不是天生的達悟，每次回來總還是可以再次感受到各種精神洋溢，進而慢慢形成自己的儀式與圖騰。當我回不去的時候，「我會去海邊幫你祈禱。」我在醫院，阿文在電話裡跟我說。

我們在家門口的涼台各自坐著、躺著、趴著，說著說著，阿文就仰天睡著了。就好像每一次的深夜雜貨店，我在櫃臺，阿文在躺椅裡，店裡只剩細微的海浪聲與疲勞的阿文緩慢的呼吸聲。即使暈船也要繼續划，即使口拙也要跟你說。阿文清運的垃圾不只是那些寶特瓶，還睡不著的我，身體裡也感到清爽許多。天色漸漸暗了，天色漸漸亮了。我們想想再出發吧。

直到咖希部灣終於有了第一台公共飲水機，阿文與志工們繼續在開元港對著遊客遞送「寶特瓶情書」，請遊客除了記得對於蘭嶼的喜歡，喜歡蘭嶼也請幫忙帶走寶特瓶。如果「多背一公斤」嫌重，至少「一人帶一瓶」。瓶身塗寫著咖希部灣志工對於蘭嶼與大海的感情：「拋棄垃圾是漫長的告別，丟出去的垃圾還會再回來。」思考垃圾的過去與未來。飛魚會回來，新的舊的寶特瓶也會再來，每一位暫時離開的志工也會再回來。

阿文希望寶特瓶別再流浪，流浪的蘭嶼青年也可以回家。阿文說，在蘭嶼，孩子出生時，父親會幫他種一棵樹。進出咖希部灣的每個人，捧著樹苗，在另一處森林或海邊，繼續種樹。

阿文在中橫路邊停車，打電話給我，說起這個暑假的志工們感情很好所以一直玩樂，散漫於工作。「因為夏天就快結束了啊！」一早就打了兩通，第三通都快中午了，我接起來，一講也是超過一小時。蘭嶼必須全數同意，所以我們使盡各種說服。阿文又規劃了一次新的夢想藍圖，又說到了志工來來去去、上車下車都不能強求。「還好有你餒！」我聽見阿文對著每一位志工說。「還好阿文你都沒有倒。」

當我們愈是彼此依賴，也許我們的團隊就愈是脆弱。這裡難道不是一個充滿生物多樣性的熱帶島嶼嗎？

風景太美，天氣太好，工作起來也是懶懶散散的。沒睡飽，想太多，工作起來也是懶懶散散的，好像浸泡在開朗沁涼的冷泉裡，看著水流波光想像塑膠微粒。淨灘撿拾塑膠裂解殘餘，一撿就碎在手裡。

天生暈船所以站在港口守護蘭嶼的阿文，大家都習慣叫他「阿文」，兩年後我第一次問起他的達悟名字。「我只會說，不知道怎麼寫。」阿文誕生在野銀部落那一年，尚無供電也沒有燈。寒冬也會找路下海的阿文父親，送給阿文的名字：希．米夫拉格，意思是祝福阿文可以「不怕困難、不怕冷」，如同蘭嶼海芙蓉，集體叢生於海角逆風。

阿文缺錢，我貧血。我們在收訊不良的通話裡跨海說些加油打氣的話。趁著清醒的時候談論一些可能也沒什麼用的計畫。或許幫不上忙，或許又是白忙一場。每次的通話結束，都是電訊被迫中斷或是客人要結帳了喔等一下，阿文臨時又想到什麼要去忙了，因而結束通話，因而退回各自的現場。多樣性的痛苦相逢痛苦，因而突變一個限量的奇蹟。我們也許又會多了一點感懷、一點悲哀，卻也飛魚滑翔般地出現一瞬足以去往明天的傻勁與信念。

輯三 後病時光

肌肉缺氧，我已經退回到那個無法一次跑完三千公尺的階級，但我已經是跑過半馬的人，我確知自己的能力範圍曾經遠到何處當然也會適度再給自己更難的功課。爬坡鍛鍊是個信心起始，一點點的恐懼因而戒慎，一點點的安心因而再次成為選手。

只是看起來是一個人

豐原客運6508駛向環山部落其實也是從傍晚駛進黑夜；車裡黯淡的黃色燈光籠罩還沒下車的學生讓他們繼續睡。剛考完段考，好累好累，上車繼續討論分數。整群小孩淹進車裡，其中一個身形特別小巧的，衝上車就直接跳進駕駛座抱住司機，又喊又跳，一轉身就和另一個同學額頭相撞，像是卡通人物一樣都不會受傷。坐在我前面單人座位的父親看得入迷，回頭問我，蘭嶼的小孩也是這樣嗎？

「小朋友不要坐在窗戶上面！」放學後的兜風時光，「我的地理這次考不及格欸。」沒有站牌的泥土小路通往家裡。「司機可不可以讓我下車買麵包？」車在環山部落繞了一圈，兩個提著超商微波食物的小朋友重新上車。打瞌睡的國中生醒來了。不常搭車的父親看著窗外有點著急，彎身走往駕駛座旁：「司機，我們要在環山派出所下車。」天色已暗，他希望公車也能像火車一樣有軌道而不脫序，最好還是站站廣播站站停，那就不會坐過頭也不易下錯車。

環山派出所旁邊就是環清宮的牌樓，沿著坡道走上去，環清宮的「貴賓樓」說是大通鋪但其實是有隔間的。最小的隔間有四個床位，為了避免必須和另外兩人（可能是活力依舊的退休夫妻，可能是隔天準備早起的登山客或單車族）同寢互相干擾，電話預訂的時候，我直接買下四個床位——其實就只是上下鋪的兩個雙人床墊；像是特地為了誰而多準備的。翻身就是整船搖晃，和軍中的寢室很像。

平日週二的夜晚，整棟貴賓樓只有三人入住，第三人是昨天早上一起搭乘6506上山的婦女，光憑那個正在透過電話講述今日遊記的激昂語調，我就可以認出另一個房間裡的她。她很自豪那個在科技業上班的兒子提前幫她上網預約了6506的限量座位，逼近出發時間才悠哉趕來排隊，還逐一對著先來排隊的人們委婉解釋自己可以合理插隊。第一個上車的她顯然有備而來，行李一扔，直接爬進司機隔壁的位子；午餐時間一下車就抓著手機跑到車頭請人幫忙拍照，說要傳給兒子，正好找到我。拍完以後我把手機還給她確認一下要不要再重拍，「哇，你拍得好漂亮。好厲害。」她的喜悅感染到我。「不是我厲害，是妳漂亮。」真沒想到我也開始這樣說話。

這種媽媽的感覺啊。昨天一早的頭班6506，我是車裡最年輕的一個。有一群老太太本來只是打算去谷關爬山，看見人潮熱絡，竟然臨時起意做伙衝梨山。梨山有多遠？梨山多熱鬧？活了這麼久都還不知道呢。上車後，我才知道，某些無論如何都要上車的人，還不確定自己要在哪裡下車，也沒有今晚必須夜宿山間的覺悟。

司機回頭看著人滿為患，準備開始釋放這個月以來的無奈與厭煩。早已備妥的小板凳，已經由乘客從車廂後方自動自發向前傳遞，「我一車只能載二十個人，你們這樣擠上車會害我被警察抓。那邊是深山喔，我先跟你們講，你們很多人都是第一次來，計程車下山要四千多塊喔，警告你們！」這時候，那群老太太的首領發問了：「司機，網路上不是有說你可以代訂住宿？那個什麼廟的。」啊，這資訊其實是上車之前我跟她略微提起的。

「那種亂介紹旅館的司機遲早會出事啦。我只是一個公車司機。你們沒訂住宿的最好快點訂，那邊是深山喔，招不招得到計程車還不知道喔。」老太太首領與她的夥伴一共六雙眼睛看向我。我於是在協助她們完成住宿訂定後，順便告訴她們在下車後，就在原地轉搭同一班車（6506原地轉為6508）繼續前往環清宮。司機接著補充，「妳們如果要住那裡，明天早上我會從武陵農場開車過去載妳們。」一站接著一站，環環相扣的互助，六個老太太好姊妹（其中三人確實是親姊妹）臨時轉意搭車去環清宮的大通鋪過夜，聊天聊得盡興可能徹夜未眠（上山六小時的車程一直聊天還沒聊完），隔天清晨輪流使用一間浴廁，沒帶換洗衣物與個人保養品，急急忙忙梳妝打扮，再搭同一班車下山回到豐原的熱血六姊妹。迷糊樂天，天塌下來也有人幫忙頂著，不會壓到剛做好的髮型。同車的父親，也是兄弟姊妹一共六人，大姊一天到晚嚷著說要拍家族的全家福也從未拍成；我想著他們六人難得的聚會總是出現在必須節哀飲泣的場合。

載我們的這位司機，應該是6506三位司機之中最年輕的一個。不停聲明「我只是一個公車司機」，終於還是解決了一路上的乘客疑難與刷卡的各種障礙。有人表示自己已經幾十年沒有搭過客運，這是第一次使用悠遊卡不知道卡片要加值而且上車時也沒有刷。路邊站牌有老婦舉著大包小包招車，「沒位了啦！」司機邊喊還是邊踩煞車。「我在『天冷』下車，站一下就好了啦！」她不甘示弱。「妳以後也沒這班車可以坐了啦！」司機嗆聲。

不知道是人先沒有，還是車先沒有。天冷老婦下車時，還試圖遞個椪柑給司機，感謝讓她上車。「我跟你們大家講，今天可能是你們這輩子最後一次搭這班車了。」司機語帶輕鬆與威脅，「不過也是要看是誰當選啦，中橫便道暑假的時候還把一個人的腿砸掉，那邊的路還很危險。」整車的老人，或坐或站，聽著這樣的末日宣告。「本來星期五那天是輪到我開末班車的，可能會延期吧，天天都客滿，本來以為再撐幾天就可以解脫。」連續彎路十公里，司機體貼地說：「有沒有要吐的？跟我說一下，放你下去吐。」結果坐在最後面的乘客表示想上廁所，怎麼樣也忍不住。從最後面擠到最前面，可不是傳遞板凳那樣容易。於是全車的人突然都想下車上廁所了。

候選人的競選旗幟漸漸稀少的時候，司機宣布，「我把冷氣關掉，你們可以開窗了。」午後起霧，路邊的施工人員停工休息，隊伍已經拉開的單車騎士團繼續使勁上坡。

據說是全程最漂亮的這一段路，我們見到的是，濃霧一般的絕世美景。這次沒有看到，是因為下次還會再來——這樣的說辭，自然也埋進大霧。大霧武嶺，司機讓乘客逗留拍照十分鐘。興致高昂的那個中年婦女繼續到處找人幫忙拍照。在此逗留，可以把不好的情緒埋在最高點，清爽離開。

搭車上山，我是車裡的旁觀者，哪怕外面有多熱多冷，躺看窗外躺看電影，沿途拋棄風景，沿途被風景拋棄，虛弱飽滿地前進，瞬間扎心瞬間逝去。沒有站牌不會停，有時沒站牌也停。有站牌也沒人下車。那些四個小時、五個小時的電影，我們中途都不會離席。影廳並肩而坐，就像駕車一起去了哪裡。

松雪樓過後，霧就各自逃亡解散，天清氣朗。下午三點剛過沒幾分鐘，車就抵達終點梨山賓館前。有陽光照到的溫度計標示著，這裡是氣溫三十二度的秋日梨山。辦理入住的時候，同時還有另一個拖著行李箱的人，自己一個人來住蜜月套房。櫃臺人員跟她再確認一遍，確認她是自己一個人。手續完成後，工作人員引領我們三人坐進沙發區，對著我們三人講解館內設施與周邊環境的時候，只有父親盡可能聽得很認真的樣子。

我在想，要不要趁著今晚，把這幾年來一直側面瞞著父親的事情對他說個明白；系統性的，語帶感情的。「沒事，繼續追蹤就好了。」每次看診完畢，打電話給他，說完這句，回家以後就再也不提。海拔一千九百五十六公尺的山上，加上我的情緒堆疊，就超過兩千公尺，我想再多說一些，別再讓他猜，別再讓他偷偷為我尋求偏方療法然後又不敢講，或是放一本自然療法的書在餐桌上讓我巧遇。

上次回診的時候，我的醫師出國開會。代診的年輕醫師，用課堂簡報的方式，對我解釋了一遍我在這間醫院的病況歷程，好像我是這位患者的家屬一樣。我和這位代診的年輕醫師在診間裡一談就快接近一堂課的時間，當我背著我那陪我快十年的背包從診間出來，望向候診的每個人低頭或抬頭的各種冷淡、困惑或質疑，我們都在這裡耗去大把的時光，每次推開診間的門，就有可能被推入另一個生命階段。來到這個看似穩定始終沒有成功暈倒的階段，我也想要自製簡報，向父親報告，這些年來，我的身體到底發生什麼事。

多年以來，父親與我，孤單有伴。多年以來，一件更嚴峻的事件覆蓋另一件，揚起灰塵又落下。有時我會期待什麼父子默契，但發現其實根本沒這回事。我真不知道自己到底遺傳了誰。不說不行，說了又不一定懂。當我不再報名路跑活動。當我再次偷偷服用類固醇，偷偷更換切片傷口的藥。當我連續多日沒有說話。當我突然在長途電話裡說要延後一天回家而沒有特別交代因為隔天早上必須接受輸血治療。「去吃想吃的，去看幾場電影再回來。」父親什麼都不知道但是知道我很喜歡看電影。

小鎮只有一間專門播映熱門院線片的「視聽教室」等級的非連鎖影城。有時我會硬挑出該週可看的電影，陪父親去看。影廳已經夠小了，偶爾還可以兩人包場，可以邊看邊解說。《天氣之子》裡的少年為什麼一定要奔跑？一定要在暴雨積水的電車軌道上奔跑。你有沒有一次少年戀愛般不顧秩序的魯莽狂奔。奔跑奔跑踉蹌跌倒再奔跑，一開始就知道《極限逃生》的主角絕對不會死，跑酷攀岩般穿梭大樓之間也不會失手墜落，但是主角會哭。想起《獵殺星期一》頂樓的一幕：「跳過來吧，你可以的，你這一生所有的鍛鍊就是為了這一跳啊！」深呼吸，助跑以後躍向另一個樓頂，觀眾原本都以為她可以勵志動漫般地跳進另一個樓頂；這才是真實世界的幽默啊。《黑魔女》續集，無敵的真愛解藥不是親吻，是眼淚。《花椒之味》那一句關於人與人的關係：「不能陪你一輩子，但至少可以陪你過一段隧道。」想起每一個等待檢驗報告揭曉的前一天，我和父親像在操場埋頭繞行，把跑道走成各自的隧道。

父親每天去小鎮的田徑場快走，早晚各一次。我問他走路的時候都在想什麼？什麼都沒想，只是為了身體健康。日日埋頭隧道向前挺進，來不及記得。家裡的角落偶爾出現紙條各種提醒。不是忘記了，只是周圍沒有光線可以協助讀取，只是再也沒有力氣緊緊把握。光在逆向的遠方，二十多年前的行為模式與記憶猶新。「你還記得我們上次去杉林溪做什麼？」鬆脫的父親想了想，沒有回答。我又追問：「我們去過天祥過夜嗎？我們之前爬到哪裡的海邊消波塊上看過日出你都忘了嗎？」

父親擅長使用電話語音系統訂購火車票，這樣對他來說比較快，起訖站的代碼與車次都很熟練。轉換到網路訂票系統的操作卻感到侷促，勉強只能透過手機使用通訊軟體互傳影片與貼圖。牢牢地逗留在某一個年代，捨不得離開。

那條從環山部落通往社區唯一超商的斜坡走著走著突然就陡峭起來，讓我有點喘不過氣，我都停下來扶住路邊護欄了，父親仍然繼續走，沒有回頭。所以我就繼續跟著走。不在於如何難捱，而在於如何振作。可能是白日烈陽，可能是血糖偏低，可能是睡眠不足導致心情不好，絕對不是即將暈倒。我拿出背包裡的水瓶，喝水心安，喝水沒事。每次在車廂或密閉空間裡出現暈倒徵兆的時候，我就喝水。

第一晚的梨山賓館，睡在各自的單人床上，父親和我聊起他的年少時光。再次聊起學生時代那個不再回信的筆友，那個曾經很想一起組成家庭的對象。曾經也有過，約會以後自行開車返家的途中，睡著了，無故驚醒後就差點撞上什麼。差點撞上的，還有身為鐵路值勤員工可以憑專業橫越軌道的一秒瞬間，即時蹬上月台，好像有誰助他一臂，助他成功避開一列過站不停的高速列車。那些後知後覺的生死瞬間，凍結，失神，強烈後勁造成的體力耗損。生而赴死，父親說的，就是兒子差點不會誕生的瞬間。無法回應的兒子，轉移話題接續說的，就是自己總是死而復生的瞬間。從前從前，我總是一個人去醫院。

去醫院是一個人的事，我去一下就回來。小時候最怕醫院的味道了，千萬別來醫院全家團聚。

你說你的扁桃腺疑似出現腫塊，我的喉嚨就開始緊縮、疼痛了。我說我貧血，你也開始每三個月定期去驗血，「數值也是正常偏低呢！」語氣說不上是真的很擔憂的樣子，好像只是要跟我同甘共苦似的。

第二晚是環清宮貴賓樓的上下鋪雙人床。窗外是鵝黃色的路燈包裹著誦經聲與狗吠聲。海拔再高一點，是滿月的白光無語。我是睡在上鋪的弟兄。我想著那條從環清宮通往超商的下坡路段，是準備重新鋪設柏油的產業道路，整路的揚塵與煙霧。清晨與傍晚，疑似焚燒果袋紙箱的白煙臭氣，從大貨車來回奔馳的梨山一路瀰漫至瀝青與水泥灌漿工程的環山部落。那好像是我和父親一路出操演習的過程，熄燈以後終於得以休息。

想起早上我們來到大門緊閉的「泰雅文物陳列館」，我和父親在門口來回張望，再怎麼看就是一棟私人住宅。鄰近的里長候選人競選總部的助選員注意到了，替我們打電話給陳列館的負責人，結果換來一句主人從屋內對外大聲宣告的：「今天沒有。那邊我都沒有整理。」

既然如此，於是轉而向熱心的助選員打聽部落裡的那間懸掛印尼與越南國旗的東南亞雜貨店，「我們這裡有很多外勞啊，那邊的東西很便宜，我們山地人也會去跟他買。」走護魚步道穿越果園也沒有見到山地人所說的外勞，他們究竟是在果園茶園菜園或是更高更深的地方伐木？超過三十度高溫的這天，梨山沒有大樹遮陽，市街不怕買不到水果也不怕買不到農藥。這天是農曆初十六，雜貨店老闆備妥水果與紙錢，從店裡扛出一張折疊小桌，祭拜都還沒開始，就連忙拆開一包芥末腰果請客。「億霖知道嗎？」他問。「醬料專門啊，有工廠在斗六。」我答。「他們現在也在越南設廠，這包腰果就是那裡來的。」他補充。窗戶貼著羊肉爐調理包的烹煮步驟。「有人上網詢問斗六有什麼美食，網友就故意開玩笑：億霖。」我說我們從斗六來，下午就要搭車去宜蘭。「啊，這麼巧，我的越南老婆在宜蘭開雜貨店呢，我這個宜蘭人，卻在泰雅族的部落跟越南人做生意，我這間店是前幾天開幕的，這包腰果就送給你們吧！」

我在梨山一顆蜜蘋果都沒有吃，卻吃了繞路遠渡的腰果。搭車離開前，在沒有其他客人的超商二樓座位區，對窗看著施工人員駕駛機具鋪設馬路。路窄卻又只能單線通車，我和戴著口罩的父親背著行李在歪倒的站牌等著無路可繞卻又遲遲不來的國光客運１７５１，瀝青噴濺我的手機螢幕。沒有台詞，沒有對手戲。罵罵我也好，你還能振作起來像從前一樣大聲罵我嗎？

父親什麼話都說不出來。好像我正抱著一棵熟悉的樹。抱著老樹，就算得不到任何反應與安慰，那些折磨也慢慢釋然。父親變成卡通裡的那種慈祥老公公。直到下山以後，他才傳了手機訊息過來：「可能你的人生沒有我會更好。」不是的，不是這樣的。但是，長大以後我對父親說過一句帶血不帶淚的話，「我想用你交換死去的媽媽。」氣話多半就是真心話。也許因為媽媽於我而言更是陌生，有記憶以來，只不過是七、八年的相處時間，所以讓我在想像的互動之中誤以為她是最疼愛我的人。

風是溫柔的擁抱是你，你的不在就是你的無所不在。

撲面而來。林間上坡的喘動與虛弱，換來的也是暢快的宣洩。可能不盡然是貧血，而是休息過久的肌肉與肺活量重新鍛鍊的起步難。肌肉缺氧，我已經退回到那個無法一次跑完三千公尺的階級，但我已經是跑過半馬的人，我確知自己的能力範圍曾經遠到何處當然也會適度再給自己更難的功課。爬坡鍛鍊是個信心起始，一點點的恐懼因而戒慎，一點點的安心因而再次成為選手。

當我站在山上仰望星空，當我每次心態衰弱地對號入座「緊急出口」紅字（附有車窗擊破器）的客運座位躺看天空，根本不必由阿文提醒我要好好活著。渺小而逞強，時常想起那個知易行難的人生建議：當下一次且就這麼一次。我說我在咖希部灣被阿文撿起來。我說我和阿文是說垃圾話的朋友。身處垃圾堆，還能談什麼夢想。

趁著溫暖晴朗的秋日，不停地帶著父親搭公車到處郊遊。梨山之後，又繞去日月潭，以為平日人潮不多還特地去搭了遊湖船，結果仍是遇到滿船外籍遊客同船渡。伊達邵的邵族稀少，遊客也相對較少。我去郵局買空白明信片，郵務人員想了一下，似乎已經很久沒有人來買傳統的空白明信片了，「不要買那個，我直接送你這個有圖案的。」他從鐵抽屜取出二〇一六年發行、到現在都還有庫存的郵政週年紀念明信片，印著邵族的杵音儀式與追逐白鹿。於是我只寫下收件資訊、沒寫任何內容就直接投進郵筒。

帶父親去美術館看風車詩社特展，與三十年代詩人饒正太郎的作品不期而遇。這是父親閱讀經驗裡的第一首翻譯詩，〈137個雕刻 11〉，覺得陌生，掛在美術館牆上的詩句，我們面壁閱讀一場接力賽：

三級跳遠選手D氏生於蜜柑花盛開的岬角。他喜愛合歡樹。跑在他後頭的A氏是四百公尺選手，正減速奔跑，但比跑在最前面的O氏高十八釐米。他有一顆圓圓的頭，喜歡洋槐樹。鉛球選手Q氏儘管跑在第五順位，在課堂上卻因英國文學的專門研究而聲名大噪。比起瀨戶內海，他更喜歡地中海。跑在最末順位的T氏，穿黃色短褲是他的主義，非常擅長爬樹。邊跑邊微笑的，是宗教家Z氏，他是游泳選手。喜歡馬克思．恩斯特的畫作，曾經唱過義大利民謠。跑在第七順位的H氏是時鐘店的次男，很會彈鋼琴，佛瑞的奏鳴曲是他的拿手曲目，不喜歡阿波里奈爾的詩……

有沒有一點普通而奇特的感覺？像是語文課本的例句，流動的音樂性，只管唸出自己的意思。道理是別人的道理，實際發生在自己身上的，往往都是沒有道理。沒有道理的時候，「比起念經，不如讀詩。這樣也可以穩定情緒。」我對父親說。

帶父親去逛花卉博覽會。父親看得最認真的竟然是故宮專區的文創商品。雖然我自己也被花博臨時郵局吸引過去，因為看起來就是很感興趣的樣子，於是一直被推銷新年郵票大全套，甚至連新近推出的青花瓷郵票套裝與大清郵筒模型都端出來隆重介紹。空手臨走前，還被業績壓力顯然很大的專員追問是否想要預購明年的限量集郵冊。我說我只是喜歡郵票但是沒有在集郵，說完才猛然憶起，小時候跟媽媽第一次合作的事情，就是一起集郵。那個時候，臥室的大抽屜裡有兩本精裝的活頁集郵冊，翻開第一頁是全套《愛麗斯夢遊仙境》故事郵票，後面剩下的幾頁一直都沒有集滿，甚至其中幾張還被抽出來使用。現在經過偏鄉小鎮的郵局，興致一來總會想要進去逛逛有什麼新的郵票或是新款明信片印的是什麼樣的郵票圖案，像是小時候拿銅板買內附玩具的彩色零食一樣。

乖乖一包五元，小蜜蜂搖搖車一次也是五元。父親不迷郵票什麼也不迷。我們經過在花博園區裡駐唱的阿美族歌手，「難得聽到原住民的現場演唱，覺得唱得怎麼樣？」我問父親。「他們每一個人的身體都好健康。」父親語帶羨慕。身體健康才能大聲唱歌，才能出門旅行。身體再次健康才能唱出傷心的歌，才能帶病旅行。「我的夢想？我的夢想就是你的身體健康。」

特地帶父親去鎮外的電影院連看《霸王別姬》和《羅馬》，連看修復重映的《海上鋼琴師》與《海上花》，對父親來說，可能都是無言以對。所以我們就流連那些光影變幻與劇中對話。一部電影只留下一個畫面。一本書只記得一個句子。我曾經告訴他，可以隨便翻翻我房間裡的任何一本書，那也像是邀請他翻閱我的日記一樣。你想知道我背對著你都在偷偷做些什麼嗎？父親已經累到難以讀書，就算他在特地去買來的副刊看見我寫了什麼「小時候我總是羨慕別人有媽媽，長大以後卻開始尋找父親」這樣的句子。

努力工作努力表達的父親，一次只能做一件事，一句話只有一個意思。我試著解讀，這句話還能有什麼其他的意思。有的留白是真的留白，但我也必須解讀他的無言以對與他的言行不一。他咆哮且面目猙獰看起來像是要撲滅我，但他其實是一邊示警一邊急著想要抱緊安撫我。他只是不太會說話。從前值班時一直都很害怕被客訴的父親經常脫口而出：「對不起。對不起。對不起。」父親很愛說謝謝。父親對我說：「你在家，我很幸福。」這句話，還能有什麼其他的意思。

一病一拖就是回家十年，畢業以後，一個新買的背包陪我去當兵，一背就是征戰十年。去年背帶斷掉一邊，首度拿去給修理皮鞋的師傅進行手術，「好了，你可以再背十年。」當初一眼就挑中的休閒背包，沒有搭載戶外機能性，十年來竟然滿載重物陪我不停出去又回來。

我可能不能陪你了。

日月潭之後是搭南投客運６６７１到車埕火車站，因為回到父親熟悉的鐵路系統，他會知道該怎麼回家。搭乘集集線可以在二水轉車，也可以在下一站的田中轉車。二十多年來他只習慣且認定在二水轉車，所以我就私下決定在田中轉車。我們沒有坐在一起，他在下車之前還特地跑到我的車廂急著提醒我快到二水了，看著我還戴著耳機坐在原地，他的身體卻是喚著我的同時已經下了車。關門警示音響起，我坐在車廂裡看著月台上的父親一臉欲哭無淚的模樣，他當時的表情，就是一種背影。門關上，明明這只是一場無預警的演習而已。我們最後還是有可能因為必須轉車，會在同一班的南下列車裡會合。

今年最後一次回診，離開醫院就搭車去中山北路遠方的坡道散步。下坡的時候想著，今年我的各項頑固高漲的數據持續下坡，慢慢回到兩年前的海拔高度，好像在跟另一賽道的血色素下坡競速。真是拿它們沒辦法，假裝沒事久了應該可以真的沒事吧。

冬至晴朗不冷的那天，搭１７１７去探望小油坑。想像幾年前下雪那天的小油坑，我在山下跑步。跑過仁愛路，跑過中山北路。濕冷中的保暖方法，就是自己跑給自己取暖。元旦登七星山的那種步道擁擠，還沒暖起來大概就先動怒了。飄雨的小油坑當然還可以聽見翻滾沸騰。陽金公路霧路微雨，欺騙自己這裡是凱里的山路也可信。

這些年來，總是回診單在提醒我又多了一歲。在金山郵局買空白明信片，買到的竟是二〇一三年的賀年明信片庫存。三十歲的那一年，遇見最後的醫師，今年我們提前互祝來年平安。

地球最後的夜晚。說是「最後」，不是因為地球不再轉動，是因為那一晚是我最想留駐的夜晚。走出零時過後的電影院，行人徒步區都是消防車，我們都是今天的倖存者。遠方不會有大象席地而坐，我們只有搶來的毽子與長途夜車。夜車把夜路照亮。抱著背包轉醒過來，中途下車休息一下。我們就先這樣繼續踢著路上搶來的毽子吧，明明不是只會踢毽子嗎，不是還得了一些獎嗎，怎麼踢成這樣不是很順哪。我還想留在這裡，把對你說過的，好好做完。

我是家裡負責說笑話的人，我是家裡負責規劃除夕菜單的人，我是出遊時的領隊解說員，像是阿里山這樣的知名遊樂區，直到今年，我們全家才有了第一次聚在紅檜森林裡的經驗。選擇投宿在阿里山青年活動中心，像是校外教學一樣。你看看這就是我的年少旅行，刻苦裡的甜蜜回憶。搭客運上山，再從終站「阿里山轉運站」轉搭另一班客運下山，第一站就是青年活動中心。下車後，還要扛著行李再徒步三公里的山路，才能抵達。沒有接駁車。這麼不方便，其實是因為森林小火車至今仍然開不上來，否則，活動中心就在二萬坪車站旁邊而已。櫃臺人員在電話中建議我乾脆退房，「如果不是開車來，真的不建議您住在我們這裡。」

山路低氧特訓，背負重物的三公里，野戰行軍的三千公尺。把最重的一袋行李輪流交換，先是輕鬆的下坡，沿途上坡下坡，最後則是長長的上坡。中途休息了幾次，眺望山腰的道路，藍天裡有零散的烏鴉盤旋鳴叫。原本以為會充滿抱怨與艱辛的一段路，卻是悠緩的密徑旅行，向前逆時而行。走到後來，其實也有各自沉默不語的時刻。這樣的沉默不語，說的其實就是並肩作伴。互相探問彼此還行不行，吃個巧克力吧，需不需要休息。好像我們這次其實是專程趕來走這段路的。新年必須走一趟這樣的路。接二連三的休旅車疾駛而過。在無人的山林裡大聲說話，放聲大笑。我和妹妹小學剛畢業，爸爸還很年輕力壯。那種歡快短促的氣氛，明明家裡剛才還缺一個人，怎麼忽然就額滿了。路邊休息的時候，我低聲對妹妹說：「我覺得我們是爸爸媽媽送給我們的最好的禮物。」比我少了兩年媽媽的妹妹，我幾乎比她還要多出十年的父親。我們相依為命。這個世界不是只有我在悲傷，我的難過不是最難過。我們在二萬坪車站目睹像是日出的日落，在二萬坪平交道附近的夜空看見至今目睹的星星的總合，在新年。

「如果時間可以倒流，我會在第一天就閉上眼。然後什麼也看不見。」《推拿》的片尾曲，這樣唱著。總是會把電影片尾字幕全部讀完才離開影廳，「你會閉上眼嗎？」不會的。即使知道最後必須如此，即使最後一天的世界只剩下紅色，我還是不會閉上眼。「沒事的。」我對自己說，「我們可以的。」

「如果我就一直這樣好不了，也沒關係吧？」我也想要身體健康，但如果這就是我的最健康。說不定，這樣反而更健康。

曾經去觀摩一場小學生的躲避球競賽。來自亞洲各國的隊伍，難得聚集在小鎮的體育館裡，蹦蹦跳跳在空蕩蕩的館內帶來生命力的迴響。他們一律穿戴護膝，甚至配戴護目鏡，在球來球往之間勾肩搭背、變換各種橫向的隊形，集體迎向周圍環繞的攻擊；這才明白，正規的躲避球比賽不只是各自在場內鳥獸散而已。有的隊伍渾身都是聲音與憤怒；有的隊伍貫徹賽前賽後儀式，肅然對著場地敬禮。還有一些隊伍，球員在賽場裡好像還在擔心著下週的考試。看著這群同時具備小孩的表情與大人的體格的球員們一場攻進一場，比賽中途便隱約知道會輸而且難以反敗為勝的競賽應該如何再撐下去。連續兩天的比賽看下來，竟也真的沒有出現扭轉局勢的比賽，凡是不慎失分落後的，就只會一直落後下去。好像只是在閃避與攻防之間競爭誰的落後比較緩慢，較勁誰的落後更具進擊性。躲避球是在失去之中的前進。

「我們可以的。」

去年最後一次輸血時，護理師問我一個人來嗎？嗯，對啊。

當她這樣問起，我會忽然變得獨立，然後慢慢變回小孩。隔壁床是一對隔週輪流化療、互相照護的母女。商討著下週的輪值表，安排著往返醫院與住家的交通工具，以及三餐煮食與家務。「你就來陪我嘛。也不用聊什麼，陪著就好了。」高血糖的女兒，對著高血壓的母親，這樣要求著。

我一個人，只是看起來是一個人。

生來，死去；都說是一個人來，一個人去。在我最接近暈倒的那一刻，忽然看見人生走馬燈的時候，看到的都不是自己，而是一生流轉相遇的每一個你。

暈倒的感覺猝不及防，比賽隨時隨地展開。再次來到四月清明時節，當我自己走進小鎮的急診室求援，醫院是比外面還要安全的地方。即日起，禁止探病，陪病僅限一人。醫院裡的負壓隔離病房是全世界最安全的地方。「在這裡你就不必戴口罩了啦！」那個全身多層次包覆、只露出透明護目鏡裡的雙眼的人提醒我。獲准摘下急診室值班醫師臨走之前遞給我換上的Ｎ９５口罩，終於可以順暢呼吸，想起不久之前還在急診隔離室的時候，值班醫師表示這裡是台灣，所以儘管只是高度疑似症狀，患者也必須接受高規格對待。明明只是要去隔壁棟的大樓，我是清醒以坐姿搭乘救護車輾轉被送進這間位於八樓的角落病房，被關進一個對他們來說是最危險的地方。

「為什麼血色素那麼低卻還能自己走進急診室？」護理人員試圖攙扶明明就站得好好的我，「你說你沒有發燒、沒有上呼吸道症狀也沒有激烈的咳嗽，為什麼卻在影像學上顯現肺部浸潤的跡象？」我只是第一次覺得貧血嚴厲到必須趕來急診而已，我想先打個電話通知誰一下。瞬間想起那篇驚悚真實的小說，我只是來借個電話。

「你是什麼時候出現症狀？」他問。「踏進急診室之後。」我答。高規格，高效率，午夜緊急趕來的採檢人員全副武裝離開以後，留下我一個人躺在病床上，繼續輸入紅血球濃厚液。病床躺的不一定是病人，他只是一個很久沒有好好睡覺的人。想起三十歲那年的四月，想起之後每一年的四月。又要再來一次了？終於輪到我了？我的媽。這次的緊急輸血不能只是當成進補而已嗎？持續戴著眼鏡，不肯輕易閉目休息，看著牆上鐘面的指針移動，想著家裡的電腦還沒關機，騎車出門時只帶了健保卡和電池即將耗盡的手機。

失眠令意志起伏不定，貧血令信心失速頹圮。已經不健康的身體，再徒增一個新的病也不嫌多，不必大驚小怪。想起部落有長輩說，貯存場既然都蓋在蘭嶼了，那就別再遷去別的地方擴散汙染了，就由我們繼續承擔吧。不明的新病毒，未知的疫情進展，就由我這個身體再次試驗看看，我那過度激烈的免疫系統這次會如何接招，如何發動攻勢。自負的資深病人的自暴自棄自立自強，利他，說不定反而利己。「所以你是因為接觸到誰而被隔離？」他再問。「接觸到我自己。」

說什麼掉進咖希部灣，說什麼垃圾的感覺，這次是活生生被當成危險的垃圾，丟進隔離病室。病室內的廢棄物，點滴袋與血袋，還有那些便當盒、寶特瓶與我所觸摸過的，一律不分類不回收，丟進紅色垃圾袋。

護理師透過監視器在電話分機裡問我，怎麼都坐著看窗外一動也不動呢？難道是監視器壞了？監視器的功能號稱是維護病人的安全，護理師也能藉此遠端遙控我，自行調配點滴快慢，自行以血壓機測量血氧、脈搏與體溫，再以手機拍攝數據畫面回傳護理站的對話群組。如此便不必為了例行小事而反覆換裝出勤。即使是被隔離，也是留下了最後的身影與生命徵象。像是那些路口監視器拍下的，令人反覆琢磨的背影一去不回。

探視只能透過視訊。在採檢結果揭曉以前，誰也不必出現在螢幕畫面，誰也不必安慰。我知道父親此時還在醫院大樓外圍不停繞圈徘徊。想到〈水星記〉最後唱出的那句：「環遊是無趣，至少還能陪著你。」誰為誰繞，誰是誰的恆星。

從八樓落地窗外看見我的機車還停放在院內路邊紅線，看見我原本這天應該會騎單車漫遊市郊河堤有氧訓練。上次經過河堤，苦楝已經滿開。八樓落地窗外是一整排未開的阿勃勒，阿勃勒成串通往遙遠東部的校園；少年花蓮單車代步，向晴，涵星，仰山，阿勃勒的盡頭仍是阿勃勒，過橋便是圖書館。頂著大太陽騎單車，戴眼鏡背背包的蘭嶼少年整天都在部落外圍踩著單車繞來繞去，不知道可以從哪一條小路再探進去。整天都在流汗，整天都在喝水；不擦防曬，不怕中暑。

不知道是助眠藥的後知後覺發作還是貧血崩塌，我感到局部麻醉般的睏意，但又不敢睡。深怕一睡不醒。雙手都是針頭輸液中。年後未曾去過電影院，小鎮電影院日前宣告租約到期、結束營業。又是下午兩點了，今天的疫情記者會快開始了。很抱歉，遇見我實在很抱歉，如果你也曾經接觸過我。

局部麻醉般的睏意，鬆懈入睡就像溺水。直到真正溺水時，我才清醒過來。關關難過，公文隆重宣布二採陰之後，發炎未消退，迎來的是曲折纏繞的肺部探勘。口罩覆口覆眼，變成一張只剩鼻孔的臉。一孔連接呼吸管供氧，支氣管鏡的軟管從另一孔緩慢而細緻地探入。沉墜的異物感流動冰涼，我是泳者，潛水閉眼困在海底礁岩拚命向上翻找出路。沒有缺氧，但是不能呼吸。噴水讓你感到嗆，噴水讓你咳出痰。鼻咽深處的深處通往翻攪的暗池，再游一趟再游一趟再忍耐一下就好。「好，你配合得很好。最困難的一段已經通過囉，再一下下就可以結束了。」

只要撐過一個階段，就可以適應，就可以鬆一口氣，再迎來下一個階段的穿刺與不適，咳嗽，嗆水，咳痰。只要一咳，醫師就說很好。只要一嗆，醫師就說很好。彷若山路公車全程結束以後，掀開眼罩與口罩，重見天日，上岸了。無言以對的我躺在病床上，像是游完泳，長距離的疲累而舒暢。流著鼻涕，代替落淚。好像我又去了一趟很久很久以前的泳池，忽然學會換氣的那一瞬間，一上岸就跑去跟媽媽說。深深懷念的往昔，緊緊擁抱的現在。被綁架的時刻，都是因為想著自己一定要回來報平安，最後便能一定平安。我在陽光池畔繼續躺著，不管是不是因為吸入式的麻醉未退，這是長泳上岸後的幸福感。是你救我回來的。

「回來就好，能回來真好。」我會想起宣布第二次採檢結果的前一晚，我還望著窗外擔憂著確診者是不能跨縣市轉院的；我想去找我的醫師，我還想見你。重裝進入負壓隔離病室的護理師們，說什麼還沒有消息就是好消息，說什麼送來我們這邊隔離的疑似患者最後都沒有人確診喔；我都讓這些話休息在心底。採驗的結果未明之前，不知道說什麼樣的話最好，但說說話應該也不錯。這次有那麼多人陪著我一起等待報告揭曉。「盥洗用品有沒有？手機要不要充電？需要刮鬍刀和衛生紙嗎？有很多善心人士捐贈物資給我們，你缺什麼這裡都有。」當病房成為一種旅館，恐懼讓我們學會互相照護。護理師穿戴兔寶寶裝送晚餐進來，附上一包綠色乖乖。

陰性在這裡是太陽。負數在這裡暫時通往正向。二採陰，就是負負得正。

「你想吃什麼我煮給你吃。」一樣的菜色，不同的情緒，日復一日的水炒青菜與蘿蔔泥蒸雞胸肉，離家以後就會是不一樣的滋味。出院以後，最想回家吃飯。

媽媽在很久很久以前的四月轉去以後從此不再回家。四月免疫力衰弱。四月清明過後，就以預購價買了母親節蛋糕回家，想標誌一個零，一個通往。想給父親一個驚喜，想看見他笑。兩個沒有媽媽的人吃著蛋糕，四月母親節快樂，祝你生日快樂。

去醫院於是成為一種自助旅行。最後可以拯救你的只有自己，自己並不是一個人而已。儘管我的免疫部隊正在進攻我的血球我的肺。夜泳長跑單車雙載，危險而平安。是暗夜裡飛過的烏鴉，是李斯特的《灰雲》S.199，是蕭邦夜曲Op.48 No.1的左手八度低音漸次突入：長距離跑者的逆向衝擊與掙扎，再衝擊，復抵抗，衝擊與抵抗交錯，一路碎滿野草螢火浪沫鯨落。

病毒有害，病毒無辜。細菌有壞有好，我的身體就是看得見與看不見的微生物生態系，健康的生態是河流是海浪，是動態平衡。沒有安穩不變的平衡，時陰時陽是常態。共病生活，追求和諧也挾帶衝突。帶病旅行，生病的人去生病的地方旅行，垃圾也可以生生循環不息。是你們拯救了我，我們彼此拯救，漫漫後病時光，當我還可以寫信報平安，漸漸明白，生病不是命運，生病就是生命。生命是獨一無二的複數。陪你說話，陪你去你想去的地方，父親帶我去宮廟向每一位神明說話，從媽祖到觀世音、文昌帝君，再到土地公，最後一位便是註生娘娘，啊，不知道應該對她說些什麼，於是我便說，求您助我新生，祝我與我重新長大的小孩與少年健康快樂。

你知道有一種刻意設下絆腳石、用來訓練中樞神經系統、重調身體重心的跌倒跑步機嗎？我感覺自己愈來愈會跑，也愈來愈擅長跌倒了。今天的你是我所去過最遠的地方。今天的我是我所去過最遠的所在。

很久很久以後或是不久之後，他是要去外太空的人。醫院地下街的盡頭是一間旅行社，旅行社招牌的藍色是海王星的藍色。他把頭盔戴好，確認氧氣飽滿充足，著裝完備就像置身自己搭建的太空艙。

他說他隔壁的照射室也有衛星元件正在接受行前輻射測試，他們都在這裡接受衝擊實驗。不停瞄準、不停偵錯，然後倖存下來。接受突變，孕育免疫生態均衡。走出治療室像是剛去過月球，地球上的一個擁抱就會撞傷他。

傷害日以繼夜成為鍛鍊與適應。哪裡都可以是跑道，穿太空衣走山徑也是跑。長距離跑者在莽原追逐，貧血荒川，冷靜專注。一開始就落後的他知道，只要跑進一個全馬就可以慢慢追上。因為他是自己的宇宙兄弟，因為他是要回宇宙的人。

PEOPLE 0450

我所去過最遠的地方

作者—陳宗暉
副主編—廖宏霖
封面設計暨內頁排版—吳欣瑋
企劃—金多誠

總編輯—曾文娟
董事長—趙政岷
出版者—時報文化出版企業股份有限公司
一〇八〇一九 台北市和平西路三段二四〇號七樓
發行專線—(〇二)二三〇六六八四二
讀者服務專線—〇八〇〇二三一七〇五
(〇二)二三〇四七一〇三
讀者服務傳真—(〇二)二三〇四六八五八
郵撥—一九三四四七二四時報文化出版公司
信箱—一〇八九九 臺北華江橋郵局第九九信箱

時報悅讀網—http://www.readingtimes.com.tw
時報文化臉書—https://www.facebook.com/readingtimes.fans
法律顧問—理律法律事務所 陳長文律師、李念祖律師
印刷—勁達印刷有限公司
初版一刷—二〇二〇年九月二十五日
初版三刷—二〇二一年九月二十二日
定價—新台幣三二〇元
(缺頁或破損的書，請寄回更換)

時報文化出版公司成立於一九七五年，
一九九九年股票上櫃公開發行，二〇〇八年脫離中時集團非屬旺中，
以「尊重智慧與創意的文化事業」為信念。

我所去過最遠的地方 / 陳宗暉著 . -- 初版 . -- 臺北市 :
時報文化 , 2020.09
256 面 ; 14.8×21 公分 . -- (People ; 450)
ISBN 978-957-13-8373-6(平裝)
863.55　　109013600

ISBN 978-957-13-8373-6(平裝)
Printed in Taiwan

作品部分由財團法人國家文化藝術基金會贊助創作